京都駅 プラットフォーム

矢樹育子
Ikuko Yagi

文藝春秋企画出版部

友に捧ぐ

幼き手活字の上にひらかるる母の見る物つかまむとすや

毎日歌壇（著者作）より

目次

京都駅プラットフォーム

走るひと

バスに乗る。窓際の席に腰掛けて、サッコはたった今買ったばかりの大きなブロバリンの瓶を膝の上に握りしめる。

バスは大儀そうに発進停止を繰り返している。路上の噴煙をかきわけて移動する。何度目かの信号。サッコは歩道をどっと渡る人々を窓下に見る。心の中で号令をかけてやる。ほら、青だ、さあ、渡ろう、いち、に、いち、に、……陽気のせいで綿ぼこりのように煤《すす》けた人間たちがアスファルトの路面に掃き出され、やがて、車に道を譲る。サッコはとろんとした目で眺めている。

昼下がり、誰もが満腹だ。あわただしく、明るく騒々しい昼食を終えたばかりの人たちの消化器官は盛んに活動している。ねばねばした胃液は過剰に分泌し、路上の人々の思考を眠らせる。肉の工場だ。処理、摂取、製造、再処理、廃棄。誰かのげっぷがサッコの鼻先に吹きかかる。おおいに顔をしかめる。

サッコは目をあけて、こっそりとため息をつく。バスは相変わらず緩慢な動きを繰り返している。

ふと、サッコの耳に乾いたリズムが聞こえはじめた。親しみのあるリズムが奥歯をくすぐる。

視線をめぐらせると、足踏みをしているひとがいた。道を渡るために集まっている人々の端のほうで、止まったまま走っている。子どもの手を握りしめた女がうさんくさそうに一瞥《いちべつ》をくれたあと、信号を睨みつけている。緑色のランニングシャツに黒い短パンをはいた茶色い男だった。サッコの耳の中で、たっか、たっか、たっかという正確な足音をたてて、そのひとは道を渡ろうとしている。

サッコはまず、彼の容姿を軽蔑した。およそ、ふつうの神経の持ち主ならば、どこをとってもこうはありたくないと思うだろう。野性化したココア色の肉体の上に人間らしさをどこかに落としてきたいびつな顔がのっかっている。変なひと。

いったい何のためのトレーニングなのだろう。きょうもまた、同じ道を、同じバスの横をすり抜けて、彼は走っている。〈薬局前〉から〈公園口〉までの路上で彼を見たのはこれで三度目だった。緑色のシャツはいつもよれよれでくたびれており、汗ばんだ肌に張りついている。サツコは彼の筋肉の卑猥さを裁判する。

〈公園口〉で、サツコはバスを降りた。城跡を一回りしてあの男が戻ってくる地点はわかっていた。サツコは駐車場の脇のベンチに腰かけて、ブロバリンの重さを計るために軽く放り投げてみる。手のひらに二十錠ほどこぼして、器用に口の中に投げ込んだ。ひどく健康な歯音をたてながら、サツコは傾きかけた太陽をまぶしそうに両手でさえぎる。

たっか、たっか、とそのひとはやってきた。額に汗を滲ませて、日焼けした筋肉を痙攣させて、ベンチの回りを大きく一周し、鼻孔を大きくふくらませて熱い呼吸音を響かせた。

「やあ、また会いましたね」

そのひとはそう言ったのだが、サツコは呼吸の乱れた動物的な発音にしか聞こえなかったので、意地悪く二度も聞き返した。それが彼女の意に反してかわいらしかったので、男は愛想笑いを浮かべて、今度ははっきりと言った。

「名前を教えてくれませんか」

サツコは、サツコ、ケイサツのサツ、サツマイモのサツ、と早口で言ったが、自分の名前にしてはあまりにもみっともない譬《たと》えのような気がして、鼻白んだ。

たっか、たっかと足踏みを続けていた。静止する気配はいっこうになく、それが彼にとって最も自然な状態であるらしい。サツコもついつられて、控えめに足踏みをはじめながら、口の中のブロバリンの残りをかみ砕いた。ラムネ菓子の味がする。瓶を傾けて口の中に四十錠ほど入れて、ガリガリと派手な音をたてた。

「うまそうに食うなあ」

彼は腹がすいているのか、サツコの口元をしばらく見つめていたが、思い直したように足下の砂を蹴り上げ、胸をそらして激しく腕を振った。サツコはいななきを聞いたような気がした。

「あなたって、ちょっと、馬に似ているわね」

明らかに彼は気分を害したらしく、顔をしかめて抗議の口調で自分の名前を告げたが、それはこの国で最もありふれた名前だったので、サッコは肩をそびやかした。

サッコは、そのひとに調子を合わせて走るそぶりを見せた。たっか、たっか、と、ももを上下した。

「走るかい」

「いいわ」

二人はベンチを離れ、公園口から外に出た。お堀を渡って、まだ舗装されていない遊歩道をゆっくりと走った。二人の影は、徐々に長く伸びて、路上の小石をなめらかに伝った。買い物帰りの主婦や学生の数が増す頃合いなので、二人はくっついたり離れたりして、すれ違う人々を縫い、話しながら走った。

身分を尋ねられると、サッコは躊躇なくポケットから名刺を取り出して見せた。〈全日本人員社会行動調査研究社〉と印刷されている。サッコはわかりやすく仕事の内容を説明した。

「ほら、よくデパートの入り口や催事場なんかで計器を持って、ひとの出入りを数えている人がいるでしょう、あれよ。一定の時間にどれくらいのひとがそこを通るか、計るのよ」

と、親指を動かして計器を押すまねをした。つまりは移動調査なのである。

「依頼があればどこへでも出張するのよ。美術館とか動物園、駅や地下街。四つ角での調査はたいへんよ、両手で左右同時に数えるから、集中力が必要だわ」

と、誇らしげに彼の反応を見た。

「それで?」

「それで、今は、もう、辞めてるんだけど……。あなたは?」

「ぼくは走っているだけさ。体を鍛えるためにね。健康な肉体を維持することが生きがいなんだ」

「正式のマラソンランナー?」

「無所属だよ」

「そう」

サツコはつまらなそうな顔をした。どうせこのひとも移動調査の瞬間的な一対象と同じだと考えると、話をしているのがばかばかしくも思われた。彼は気持ち良いリズムに乗って、サツコの方を振り向き、白い大きな歯を見せた。

「おもしろそうな仕事だねえ。いろんなひとが通るんだろう」

「そりゃあ興味をそそられることだってあるわよ。でも、趣味ならともかく、仕事となれば厳しいわ。正確さを要求されるんですからね」

小さな折りたたみ椅子に腰掛けて計器とペンを両手に通行量を計るのは、はた目よりははるかに重労働なのだ。

そのひとは、たっか、たっかと漲《みなぎ》る活力を抑制して、サツコに合わせながら言った。

「このあいだ、××寺の前で一日中、参拝客を数えていた人がいたけど、あれもそう?」

「仲間だと思うわ。寺の依頼で、賽銭の平均値を出す仕事だったの」

遊歩道が終わると、街角に出た。電器店の前でテレビニュースに通りがかりの人々が足を止めていた。アナウンサーが今日の行楽地の人出を伝えている。

サッコはすかさず言った。

「ああいうのもうちの会社の仕事よ。知ってた？」

「知らなかった」

こんどこそ、そのひとは感心した様子だった。だが、サッコは口の中が苦くなる。軽薄なおしゃべりが過ぎたようだ。かつての仕事の内容など話して何になるだろう。二度と会社に行くことはないのだ。春の海に汐干狩の人出を調べに行ったり、元旦に早起きして神社のそばで参拝客を待ち構えていたりする必要もなくなった。

サッコはいっそ名刺を捨ててしまおうとポケットに手を突っ込み、ついでに瓶を取り出してまた三十錠ほど食べた。飢えた胃袋は待ち構えていたように跳ねながらブロバリンの白い破片を溶かしにかかる。内臓は最後まであさましい。

そのひとは、サッコを促して道を渡り、高層住宅の横手の路地を抜けた。それはたいそう超現実的な趣のある建物で、蓋を開ければぎっしりとエノキダケの細長い生命体が詰まっているかもしれないのだった。

彼は夕日をまっすぐに受けて、錆《さび》色に輝いていた。たっか、たっかと、筋肉の躍動に酔いしれている。サッコに見られていることを意識して、胸を反らせて一段と高い靴音をたてた。

「夕日よ、我々をつつむ残照よ、清浄な大気の恵みよ」

サッコはようやく追いつき、このひとは詩人かしら、と思った。

「あなた、詩人？」

思ったことを率直に尋ねる癖は悪くないが、この質問は直截すぎる。答えるひとへの思いやりが欠けている。サッコは、彼が無理に返事をしなくてもいいようにすぐ続けた。

「走るって気持ちいいわね。人間は走りやすいように作られているのかしら」

「ふん、君こそ尻尾を巻いた犬みたいだ」

そのひとの黒い瞳は憂いに満ちて長い睫《まつげ》におおわれていた。夕日の受け皿のような感傷的な目だ。しかし大きく開いた鼻をもぐもぐさせるので、サッコはおかしさをこらえるのに苦労する。

いつのまにか、線路のある土手に来ていた。レールがはるかかなたまで延びていた。両側にはよく繁殖した雑草が夕方の風にそよいでいる。二人はレールに沿って、道を与えられたおもちゃの人形のように迷いのない走りっぷりをした。ぜんまいはしっかり巻かれている。

サッコは話すのが億劫《おっくう》になった。この道を行く以上、走ることに専念すればよい。夕日は長いレールをきらめかせ、二人の姿を薄墨色のベールでおおう支度をはじめた。

心の中で饒舌になった。このひとはどこへ行くつもりかしら。いつまでも走り続けて、どうなろうというのかしら。ブロバリンの瓶がひどく重く感じられる。残りの粒をすべて口に入れると、捨てた。あたしばっかり食べてたけど、こういう場合いちおう連れのひとにもすすめるべきだったかしら。いや、ぼくは要らない。そのひとの背中がそう言ったので、サッコは少しは気が楽になった。第二大臼歯にひっかかった破片を舌で取り除くのは骨がおれる。

いつだったかの給料日、サツコの手に渡された封筒には、社長からの呼出状が入れられていた。サツコは教員室に呼び出される子どものような胸騒ぎを覚えながら扉をノックする。大きなゴムの植木の向こうで社長は伸びあがって両手を広げ、かけなさい、と言った。

「なんでしょうか」

「ご苦労さん。君のようなまじめな社員ばかりだと助かる。何年目だね？　三年目、うん、そろそろ管理職についても良い頃だ、我が社は実力本位だからね、学歴、年齢など、論外ですよ」

サツコは、思いがけない幸運に恵まれるのかと身を乗り出して社長を見つめる。彼はサツコの勤務成績を褒めちぎったあげくに、声を落とし、ところで、と囁いた。サツコはこの転換の接続詞に敏感に反応して、口を半開きにした。

「新しい商売を始めようと思うのだ。カウントするだけではじり貧だ。製造、販売の業態に拡張する」

社長は背骨を伸ばしてサツコの頭上で力強く宣言した。

「我が社は常に新鮮な感覚で時代をリードする使命がある。君にも手伝ってもらいたい」

サツコは恐る恐る、しかし悪い期待に胸をときめかせて、はや共犯者のなれあいを示しながら、具体的内容を尋ねた。社長はしばらくもったいぶっていたが、やっとひといきに、

「自動販売機で売る。君のアパートの前に置くのだ。君は部屋にいて、こっそり客をチェックする」

と言ってから得意げにうなずいた。

「何の、自動販売機ですか」

「あれだよ、あれ」

社長は、突然肉体が溶解したかのように身をくねらせ、膝をもみ、中年特有の鬱屈した笑い声を漏らした。

「君のような若い娘は特にああいうのには敏感なんだろうね。結構」

サツコは赤くなって、ひょっとしたら、と思った。ポンプ音をたてて体中の血液が頭に昇った。

「おおっぴらにはできないがね。暗黙の了解事項というにはあまりにも知られすぎていて、秘密らしくない。しかしなぜか、誰もがあのことになると口を閉ざして無関心のふりをする。わかるね、答はそれぞれの胸の中にある。つまり、〈概念〉を売るのだ」

サツコは居住まいを正して、瞳をきらめかせた。

「どうしてこれまで誰も気づかなかったのだろう。我が社が業界のトップを切って製品化する。自動販売機で誰でも買えるということが、どれほど有意義なことか、想像がつくかね。国がすべきことを我が社が先駆けるのだ。ただの多角経営ではない、慈善事業でもある」

社長は興奮してきたようだ。立ち上がって、サツコの前を行ったり来たりした。

サツコはピンポンの球を追うように、社長の動きに合わせて頭を動かす。

「でも、あたし、どうも……」

サツコは心臓の響きをさとられないように抑えつけて、恥ずかしそうに言った。

「君は適任だと思うがね」

「でも、困ります」

サツコはきっぱりと言ってから首をすくめた。閑静な住宅街に無粋《ぶすい》な自動販売機は似合わないような気がする。美観を損なう。住宅街の人々は環境に敏感である。

「すると、なにかね、君は、あれの世話にはならんというのかね、一生！　ほう、これはお珍しい。個人的な理由からかね。言っておくが、君一人の問題じゃない、おい」

サツコは恐怖と羞恥のため赤い熱の塊になって、じっとしていた。社長はソファに座り直して、声を和らげた。

「ありもしない良心など捨てなさい。君にもう少しおとなの教養があれば引け目を感じることはないのだ。美徳は罪悪、いや、その反対だ、どっちでもいいがね。そりゃあ、自動販売機が味気ないことは百も承知だよ。若い君が抵抗を感じるのはよくわかる。だが、時勢というものだ。この頃はきみい、魚が切り身で泳いでいると本気で思う時代だよ、一事が万事だ。おおらかになりたまえ。この種のものは黙認され、歓迎される。実は皆が望んでいる。裁判官も床屋も医者も教師も小説家も大工も、そして、君もね。人生に何度かどうしても必要になるものだよ。生きているかぎり、蜂が花をさがすように、赤ん坊が母親の乳を求めるように、樹木に水が必要なようにね」

社長は内心自分の詩的表現力にびっくりしている。

「社会という雲のような機構があれを隠蔽するのはあれらしく見せるための知恵というものだ。矛盾しているようだが、あれはおおっぴらにしないからこそあれであり得るのだ。そこのところが君にわからないらしい。あれは不定形で、不定期で、使用法もまちまちだろう。丸める者、顆粒状にする者、ゲル状にして瓶にしまっておく者、いろいろだ。頭の上にのせておいたり、呑み込んだり、それから、下品だが、下穿きにするのもいる。だから、とうてい自販機など誰も思いつかなかった。本来は手間暇掛けて、個人的に自力で、人間関係をうまく築けて初めて、手に入るものだからね」

サッコはうなずきながらも首を捻《ひね》る。

「なんのために生きているのかという答は、ここだろう。こういうものを手に入れてこそ、だろう。美徳を闇で手に入れるのが慣習化してはいかん。人間の質が落ちる。どうだろう、口には出さなくとも望みは一つではないだろうか。流動性の激しい都会人にはたいへん便利になる。美徳の販売機を誰かが見つける、するとすぐ二、三人に伝わる。それが倍になる。静かに増え続ける。親しい者だけに耳打ちするだろう。あれの自動販売機がある、と」

社長は、哲学者のようにやさしくサッコの肩に手を置いた。

「どの地域でどれくらいの需要があるか、ひとめでわかるように統計表を作る。君は数えるのだ。数え続けるのが、君の仕事だ」

仕事が特別いやになったわけでもないので、退職届を提出したときには少々胸が痛んだ。年度末まで待つべきではなかっただろうか。ベテラン社員（自他共に認める）の途中退社は会社の損失だ。すぐに人員補充できたとしても素人のやり方は杜撰《ずさん》で信用できない。

　サツコのアパートの前には、ぴかぴかの自動販売機がでんと据えられている。機械の頭部には、選挙用のポスターのごとく家庭的で平和な微笑に満ちた三世代の人々の写真がはめ込まれている。あくまでも小さい商品名がかえって購買欲をそそる。

　このことと辞表との間にはっきりとした因果関係はない。仕事を放棄したのはむしろ彼女の精神年齢に関連しているのかもしれない。ある年頃になると、好奇心から禁じられていることを試したくなるといったことと似ているのではないだろうか。例えば喫煙を始める心理とか。本人にたいした理由があるわけではないのに、周囲の者たちは説明しすぎる。説明はよけいにわからなくなる（かっこ書きで十分だが、サツコは友人を裏切ったことが一回、異性と交尾したことが一回、親とケンカしたことが二回、進学を諦めて就職したことが一回あるが、一つくらいはゴシップ好きなひとの口の端《は》にのぼってもよさそうだ）。

サツコの気がかりは、社長が彼女に責任を感じはしないかということだったが、その点は大丈夫だった。彼は有能な実業家だから、一女子職員に関わる限度はよく心得ている。彼は短い舌打ちのあとは電卓にかかりきりだった。サツコにしても、社長に深々と下げた頭を上げた時には、もう別のことを考えずにいられない。

身辺の整理、薬品の選定、これらは一日でできた。サツコの部屋は母性愛に満ちた海の哺乳動物の腹の中そっくりで、広くて狭くて塩辛く、やさしく温かく残酷だった。サツコは、部屋の隅に飼っていたアメーバ状のペットが成長して夜ごと天井まで這い上るのを見て、主客転倒とはこういうことをいうのだろうと、ぼんやり考える。呑み込まれてしまえばいずれ同じ元素に還るのだから、たいして難しく構えることも大袈裟な決心をすることも必要ないのだ。しかし、このことが世間に通用するかどうか——。

薬局のショーウインドウを挟んで、唯一のサツコの貢献者である薬剤師は彼女の顔つきに多幸的爽快幻覚中毒症状を認めたらしく、奥の調剤室に引っ込んで深刻な内緒話をしていた。それが薬剤師の良心というものらしい。彼はにわか占い師に早変わりして猫なで声を出す。

「眠れない時には温かい牛乳を飲んで静かに横になるといいのだよ。わかったら、さあ、おうちにお帰り」

サツコは両手を背に回して肩を揺すってみせる。

「ありがとう。でも心配ないんです。あたしは非バルビツール酸系のブロバリンかカルモチンがいいって、お医者さんが。できるだけ、たくさん要るんです」

薬剤師の危惧を取り除いてやるために、身分証明書と定期券と健康保険証と印鑑、おまけに郵便貯金通帳や払い戻し請求票の書き損じたのまで並べた。これだけあればたいていの人間は口出しできないのである。

サツコはレシートを丁寧に折り曲げて財布にしまいながら、瓶の冷たい感触に歓喜する。犯行現場で妙に饒舌になる犯人と同じく、彼女はすぐには立ち去らなかった。珍しくよく舌が回った。

「おじさん、危ないことをするんじゃないかって疑ってくださったのね、嬉しいわ。でも、わたしがそんなに不幸なひとに見えます？　調べてもらえばわかるけど、ふた親は程ほどに利己的で打算的な博愛主義者で、言ってみれば世間の通りはまあまあの娘なのよ。所有欲と知恵さえあれば、謙虚と傲慢はバランスよく手に入るらしいの。中くらいというのは一番優雅な位置よね。こんなわたしに人騒がせなことをする資格はないでしょう。わかりやすい不幸の種が全然ないのがさみしいな。統計によると、中流意識は国民の」

薬剤師は敵愾心《てきがいしん》に顔を歪めて、いいから帰りなさいというふうに手を振った。サツコはもっと言いたいことがあるような気がして、哀れっぽく目をしばたたいた。統計によると、という生意気な口吻《こうふん》がおじさんの気に障《さわ》ったのかしらん。サツコは唇を噛んで薬剤師を見つめたが、悲しいかな、職業柄、通行人の一分子に特別な感情を持続させないという訓練が身に染みついていたので、思い切りよくきびすを返した。もし、しつこく行為の不当さをなじられれば、生き生きと反駁するだろうに。未練すら「ほどほど」なのだ。

仕事中は、通行人に絡まれることはしばしばだった。

あるとき、デパートに入ってきた中年の男が、何を思ったのか、もう一度通りに出て、入り直した。玄関の隅に腰掛けているサッコの指は、カチャリと二度目を数えた。男は嬉しそうにうなずき、またすぐに外に出る。三度目の入店は、念入りな足取りでサッコの前にある大理石の敷居をまたいだ。カチャリ。サッコはうんざりするが、他の人々を見落とさぬよう目を配ったまま、奇行の男の行方にも注意する。男は付近の婦人雑貨売り場をひとまわりすると「やあ、やあ」とサッコの手元を指さし、おかしそうに体を折り曲げてぶつぶつ言う。サッコは黙っている。なにしろこの仕事は気を休めて会話をする暇はない。男はこれ見よがしにまた表通りに出て、思い切り足を伸ばして、エイというかけ声と共に入店。カチャリ。反射的に数えてしまう。男はサッコの前に立つと、わめいた。「まちがってら」「のべですから」サッコは早口で応える。「やっぱりまちがってら」あまりしつこく絡まれる場合、ボタン一つでガードマンが応援に来てくれる。両腕を摑まれて、男は不服そうにおもわめいている。遠ざかる背中を眺めるとき、サッコは妙に悲しいのだ。あの人がいったい何をしたというのだろう。ふと、サッコは仕事がつらいと思う。

たっか、たっかと走っていた。サツコは遅れることもなく、今はもうすっかりリズミカルになった両脚の運びに快い疲労を感じる。慣性となったこの運動を停止するためには途方もないエネルギーを消耗しなければならないだろう。確かな均衡が成立したのだ。壊すのは難しい。

サツコは、地球が宇宙の空間で自転している星だという知識が真実だと今ようやく実感する。目の前に続いているレールがいつまでも地平線の向こうにのびているからである。ざわざわと草が激しく鳴り、緑の香りをまき散らしている。

サツコはもう眠っていても自動的に走れる自信がついて、目を閉じたままリズムに身体を委ねた。過去の様々な幻影がまぶたのスクリーンに流れる。

ほら青だ、よく見て渡ろう、右、左、いち、に、いち、に、……クラクション、ざわめき、……立ち止まらないでください、出入り口は混雑しますから、立ち止まらないで、……押すな、この野郎、いて！　きみい、タバコはやめたまえ、……触らないでよ、きゃあ、誰か、……順に中程にお詰め願います、ドア閉まります、発車！……

バスに乗る。窓際の席からあのひとが見える。歩道の人々のなか、今日もまた、茶色い筋肉を弾ませて、たっか、たっかと、走るひと。群衆の中で、一人だけ、輝いて見えるあのひとは、いったいどこへ行くのだろう。あのひとの足は一歩ごとに、サツコの口を塞いでいく。たっか、たっか、黙っていなさい、それがいちばん良い方法だ。刻々と、時を走るひと。

自動販売機の前に群がる人々、やはり社長の算段は当たった。ニキビ面の男の子はランプがつくのも待てずに機械にむしゃぶりついている。後ろの方では年配の紳士が、叩くのはやめなさい、壊れたらどうするんだ、と叫んでいる。帽子の婦人は買ったものを慎ましくそっとハンドバッグにしまい、やくざ風の男は靴の中に隠して、あとでじっくり楽しむつもりらしい。……いや、ひとりひとりを気にかける暇はない、正確に数えなければ、カチャ、カチャ、……。命じられてもいないのに数えることが習い性となっている。瞬時にしてだいたいの年代も分類している。

困るんだなあ、後ずさりされると、カチャ、あのひと、もう入れたっけ、カチャ、えい、めんどうだ、カチャ、男、女、女、男、女、男、男、男、女、……あんた、なにしてるの、何のために数えているんだい、カチャ、気が散るから話しかけないで、早くどっかに行って、右、左、カチャ、カチャ、カチャ、カチャ……。

真夜中、サツコはそっと窓のカーテンを開けてみる。人影の消えた道をほの白く照らしているのは、アパートの出入り口にある水銀灯と、傍らの自動販売機だ。欲しくないわけじゃない。あの機械の中にぎっしり詰まっているものを、サツコもずっと求めてきたはずだ。〈発売中〉のランプが小さく鋭利な光を放つ。どこで量産しているのだろう。提携先のリストには教会や神社、寺院もあった。美術館まで協賛、社長はうまくやったな。

大量生産、品質均等、衛生管理、安全設計、人畜無害、絶品格安、軽便至極、……広告文が所々読み取れる。小さくても持っていたいもの。一人あたり一パックで十分だ、そんなもので幸せになれるのなら——。

首を振り、サツコは固く目を閉じる。底なしに深い眠りに落ちる。紀元前五十万年、人類がまだ何も知らず純朴な本能のままに生きた、美しい自然を夢見ながら。そんなサツコを部屋の隅のアメーバ状のペットが静かに見守っている。

こうした販売機は今後もっとたくさん必要になるのかもしれないと、夢うつつに醒めた部分が考える。当初の売れ筋である〈愛〉や〈夢〉だけでなく、〈信頼〉とか〈希望〉とか〈自由〉といった銘柄も伸びている。〈勇気〉と〈安心〉は新発売だ。社長の声が蘇る。「魚が切り身で泳いでいると本気で思う時代だよ」もしかしたら将来は〈孤独〉や〈後悔〉といった類いへの需要も反動的に出てくるかもしれない。どんな世の中になっても、人々はこういったものをよりどころにするだろうから。それらがどんなに醜い型に画一化されていようとも、気にするともなくなるのだろう。こうして同じ顔、同じ心の人々が増えていく。パック詰めの手軽な〈愛〉や〈夢〉。サッコは買わない。ついに客になれない。

サツコはどんどん走った。太陽は、とうに彼女を追い抜いて地球の裏側へ先回りしたらしい。足元から濃厚な闇が這い上る。たっか、たっかと、目にもとまらない速さで両脚が回転している。

「これで良かったのよ」

自問自答する。

「……あなたに会えたからだわ」

はるか前を走るひとを全力で追う。いやだ、ひとりぼっちになるのはいやだ。たっか、たっか、速度の限度を超えた速さが、サツコの外側を飛ばしていく。ざわざわと草が鳴る。冷たい風が渦巻く。固い小石が跳ね上がり、ぱちぱちと音をたてる。疾走の名残が、砂埃となって跡を飾る。がらくたがひっくり返る。

空きカン、カラカラ、……つながった無数の空きカンが転がり続けて、乾いた人骨の音をたてる。

そのとき、確かにサッコの耳に自分自身を数える小さな計器の音が聞こえる。

（了）

回旋曲

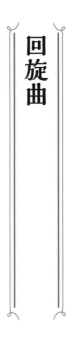

漆黒の盆を縁取って躍り上がる波しぶきがあった。荒れていた。夜の闇が海水に溶け出すと、侵されることを拒んで波頭《なみがしら》を高々と奮い立たせた。夜と格闘している。天空の力が海を哺乳類に変える。切り裂かれ、内臓が暴かれる。断面に薄緑色をした海草が透ける。一瞬の凍結、氷柱芸術のようだ。ひとつが砕けて波の底に不明になる。すると波濤は再び内臓を割る。白い飾りが泡立ち、透明の藻の後ろに貼りつけられたわたし自身が見えた。そそり立った深緑の壁面に街があった。店が並び、車が往来している。ショーウインドウを覗き、スカーフの結び目を直し、ショルダーバッグをかけ直し、髪を撫でつける。この光景が起き上がる。砕けては起き上がる。

＊　＊

××年、夏。

「中退するなんて、勇気あるのねえ」

久しぶりに会った友人のカナはわたしを珍しそうに眺めて大きな声で言った。退屈しきっていたクラスメートにわずかな期間ではあるがひとつの話題を提供することになったらしい。○○女子大学に入学した日からやめることばかり考えていたのを、一年余り経ってやっと実行したのである。「なぜ」という疑問符が続いて彼女の口から発せられるのを大人しく待つ。全身の汗が喫茶店の冷房機に吸い取られていく。だが体の内部の熱は容易に奪われない。そのうち肌が冷え肉まで冷めた頃にはまた灼熱の路上に出なければならない。太陽の暴力に打ちつけられるだろう。眩暈《めまい》は季節感そのもの、夏になると太陽とクーラーがわたしを投げ合う。

眩暈は去年の記憶とも結びつく。大学図書館、それは高邁な石造りの神殿だった。わたしたちは入り口で学生証を提示し、上履きに履き替えて、大理石の玄関に立ちはだかっている学長の銅像に一礼しなければならない。○○市最高の賞を受けた芸術的な建築物で、この上なく不自由な図書館だった。本を借りるのに手続きが煩雑すぎたし、第一、机上の照明が小さい。劇場の暗さだった。学生に何を演じさせようとするのか。五時になると重い幕が引かれ、退館を促すチャイムがうやうやしく鳴る。この大学は学生に長い時間勉強をさせたくないのである。わたしたちは厚い絨毯を踏んで裏口からまだ明るいキャンパスに追い出される。一斉に肌に張りつく湿気。残暑が長い影を辿ってわたしの隅々に付着するのを、金縛りにあったような心地で耐えていた。入学以来、この非実用的な建物を見上げるたびに絶望的な気分になった。世の中の不可解でいやなものの象徴のように感じた。あの暑さは確かにひとつの季節だった、人生の。時計が回るのを皮膚で感じ、ちょっとした感傷に浸ることもできた。来年の夏もここにこうして通うのだろうか……。感傷が憎しみに変色することなど気づかない。

「そうじゃないのよ。だから退学したというわけでもないのよ」

カナが見当外れの憶測をしたのですぐに否定したが、自信はない。カナはわたしと△△とを間違えているのだろう。教官にも△△と混同されたことがある。あ、△△君というのはきみじゃなかったかね、などと目をしばたたく。四回くらい間違えられただろうか。

喫茶店を出ると大通りは混雑していた。盛夏の真昼の雑踏はとてつもない生臭い肉の渦中だ。人間たちをひとつの形容詞で括って指先で弾いておく。カナの鼻の周りの化粧が剝げてむらになる。細かい皮膚の皺の一筋一筋にせっかく肌色を塗り込めてあるのに新陳代謝に冒されて滅茶苦茶になる。生きている印。わたしの顔も同じだろう。汗が肌色の土を流して全開になった毛穴が赤く浮いているはずだ。首筋から胸にかけて汗が流れるのを感じる。乳房の間に溶岩の川ができている。果物が腐敗するようにわたしの体も湿気と熱にむしばまれて腐っていくのではないだろうか。まず化粧が落ち、頭髪の先に肉汁が滴り始め、指先の感覚がなくなり、体中の穴という穴をだらしなく開け放って腐敗を待つしかない。

映画館の前でカナと別れた。彼女は教職と司書と学芸員の資格を取るために多くの科目を履修しており多忙だった。学校をやめて何もしないでいるのは良くないと言った。「ほんと良くないよ」とわたしの中の後悔しているかもしれない部分と手を組もうとして粘っこく言った。

一人で映画を観る。大きな魚が人間を襲って食うという内容のもので、平日にもかかわらずほぼ満席だった。美しい艶肌をもつ鮫の無表情な顔が思いきり口を開けて客席にかぶりついてくるのをうっとりと眺めた。目と目が離れていて愚鈍な人間に似た顔がある。

なぜ大学をやめたりしたのだろう。「やめた」という言葉はこの場合当てはまらないような気がする。在籍していることは何かを「する」ことにはならない。何もしなかった。授業に出て試験を受けて単位を蓄えてきただけだ。あたかも学生でない人よりも無害な人種であるかのように見なされて不遜な思想や行為も学生証のもとに許される気楽な猶予期間。学生らしくなかったのだから退学しても生活に何ら変化はないと本人は思いたがっている。だからやめたのかというと、違うというほかない。なぜ、だから、ちがう、この三つの単語はわたしの手の上でお手玉のように規則正しく宙を舞う。

＊　＊

雨がべったりと髪を黒くして顔を貧相に見せる。蒸し暑く、眼球に半透明の膜がかかっている。男友達のオキが仲間から遠ざかるわたしに歩調を合わせたのはたいそう自然だった。五分後には二人きりになった。近くにある大学とサークルを通じて交流があった。男子の多い学校と女子大学、伝統的な組み合わせだった。他のメンバーは二次会にでも行ったのだろう。互いに意識し合っていることなどわかっている。その日が二人で歩いた最初だったかどうかわからない。たぶん違うだろう。彼の腕に触れたりしていたから。

腹を満たしてスナックを出ようとしたら雨が降り出していた。戸口の所で佇んでいるわたしにマスターが、店の傘を貸そうかねと言った。オキは手を伸ばして雨粒を受けとめて検査をしていた。彼の掌に大粒の水が跳ねた。腕時計に水が滴った。何時だったのだろう。紙袋を頭にのせて足早に行く人が見えた。雨だというのに街は明るかった。子どもの頃、夢中で遊んでいて急に夕立に遭うとうきうきする不安を胸に搦め捕って走り出したものだ。全力で走って玄関に飛び込み、雨が降ってきたようと叫ぶとタオルを持った母が出てきて、わたしの頭はくるくると拭われる。ざらざらした太陽が香る。わたしはぴょんぴょん跳ねて母を困らせる。オキの手を覗く。検査は終わったようだ。いきなり駅の方に向けて駆けだした。彼の独断に面食らいながらも後を追った。スカートを汚さないように走るのは骨が折れた。ふくらはぎに泥が跳ね上がるのがわかる。ストッキングが台無しだ。靴が水を含んで重くなる。彼は逃げ足の速い犬のように途中の軒下に走り込んでわたしを迎えた。わたしは軒に入らずに彼を見た。

「このまま、駅に行きましょう、濡れついでだから」

オキはすごすごと、今度は走らずに横に寄り添い、どこかで乾かしていこうよと囁いた。急ぎ足でわたしの肩や腰に触れては離れる彼の手は卑猥な守護神の翼だった。この頃からこの種の誘いになれていたと言えば嘘になる。オキの顔を盗み見る勇気すらなかったくらいだ。機会をとらえては何度か彼は囁くのだった。

長い間の誘いの言葉が心を徐々に溶かしていくと信じている。正しかった。駅に着いて腕や頬をハンカチで拭きながら、漠然とこの人ではないと思った。オキではなく、たとえば、たとえばエトーだったらという思いはわたしの中の固い球根だった。エトーなら懐かしい太陽の香りがするかもしれない。オキではなくエトーだったら……。そのつどオキにいたわりの気持ちが湧くのを楽しんだ。

＊　＊

アルバイトは厭わなかった。一年の時からテレビ局に仕事があった。授業の代返はカナがいやいやながら引き受けてくれていた。テレビ局の自由な雰囲気は性に合っていた。取るに足らない雑用ばかりだが、欠かさずに出かけた。テレビ局と地下続きにある関連の広告社に、アカネという画家志望の女性がいた。アカネはチラシのデザインや挿絵を担っているらしいが、お茶ばかり飲んでいる。食堂でたまたまあるディレクターに紹介されたのがアカネとの始まりだった。初対面から興味を持った。彼女は常に優しい口調で人と話した。無関心の表れでもある。

アカネは好悪などの心の表出を極力抑えているように見えた。性癖なのかもしれない。そう言うと、笑って「だんだんよ」と応えた。アドマンたちは忙しそうに仕事をしていたが、アカネは悪戯書きのような絵を描いたりフレーバーティーを淹れたりして過ごしていた。自称「浪人」だ。美大を中途退学してからぶらぶらしているらしい。それが三年前というから、わたしよりも数年年上ということになる。ちっとも年齢を感じさせない。彼女はわたしと同じ性を持ち、数年余計に生きていて、不安定だがよそ見をしない。憧れる。

「わたしも、学校をやめたんです」

アカネは鉛筆を削りながらふっと息をついた。

「やめてどうするの。このままテレビ局の雑役をする?」

「べつに、ただ、やめちゃって、それだけ」

彼女は興味を示してくれない。声をたてずに笑って首を傾げた。わたしはアカネと同類になりたかったのかもしれない。甘えにはうすうす気づいていた。アカネになりたい。アカネに認められたい。

夕方、彼女が中年のプロデューサーと並んで退社した時、わたしは嫉妬のために息を止めて鏡を覗きに行った。

＊　＊

濁った湖の底にあるわたしの朝には太陽が届かない。外界の眩しい活気とは無縁だ。眠りはいつまでも夜を引きずり、身体を重く沈める。時計のベルが遠くから呼んでいるが、起きる意志など水泡のように虚しく消えてしまう。爽やかな朝の目覚めにはとうに見放されたらしい。この気分の悪さはどうだろう。心臓が胸を締めつけ脳細胞にはたちの悪い濃霧が立ちこめている。動こうとすると吐き気を伴う脱力感に襲われる。きょうこそ病気になったに違いない。きょうこそ外出は無理だ。そう思って安静にしていると、この裏切り者め、しだいに健康体に蘇生してくるから不思議。治りたがらない病人など病人の資格がないよと聞いたようなことを言ったのはオキだったたか。目を覚ました途端に飛び起きて体操か何かを始める人種の仲間入りをさせようとする。どうしようもない。左足をちょっと引きずって歩く癖も今更どうすることもできない。二十年間の澱がすでにわたしの中のあちこちに蓄積されているのだろう。突拍子もない時に放たれる悲しみの激流や風にくすぐられただけで笑い転げる精神の不安定さを退治できるだろうか……。だんだんオキに対するわたしの役割が明確になる。彼の望んでいることを拒絶する根拠がない。五分でも長く一緒にいればそれだけ双方の権利が増大する。これ以上親密になるのを食い止めたほうがよいのではないかという問いかけが時折わたしの心を叩く。血の気が失せて白くなっている朝方のわたしは朦朧としながらオキのことを想い続ける。彼には彼の道がある。それぞれ自分のことだけを考えなければならない。もし二人の間に自分の進路に影響を及ぼすような麻薬の感情が混入したりすれば、精一杯理性でもって舵を切り直さなければならない。カビの生えないパンを丸めてわたしたちのテニスの球にすること。球が浮かんだり消えたりする。ナマモノは好条件の湿度と温度のもとではカビが生えやすい。

いったいオキは親しい女友達のことをどう考えているのだろう。わたしは、彼に父がいて母がいて姉弟もいてそのうえ雑多な友人がいて決してわたしだけのオキになり得ないことを過度に確認してからようやく安心して好意を抱くことができる。母親の編んだサマーセーターをまた着てくればいいのにと思いながら、あと少しの眠りをむさぼる。彼が毎朝若く潑剌とした母親に呼び起こされてパジャマ姿のままで居間に現れたり、夕食時に父親に説教されて頭をかいたり、姉と言い争って意地を張っている光景を想像すると、自虐的な幸福に満たされた。あなたはあなたのままでいいのよ。あなたの家族を裏切らないで。両親の敷いてくれた軌道を一歩も逸しないで、これからも。彼の全体を見誤りたくないのだ。

つまらないことに、わたしには身近な人間関係を熱狂的に染色しなければならない理由が何一つ見つけられないのだった。

雨が降らなければ良いが。足を伸ばしてカーテンを上げて空を見る。もう朝の光ではなさそうだ。どうせ世間では午前中が終わろうとしているのだろう。バイトを休むわけにはいかなかった。今日わたしが行かなければそれをする人はいない。バイトとはいえ責任がある。四時間の時間給だが二時間もあれば終わってしまう。あとはスタッフの雑談を聞いていれば過ぎてしまう。たいてい、適当に帰っていいよと言ってくれる。

例のプロデューサーを見た時、自分に似合わない高い声で挨拶していた。アカネさんは出社していますかとわざと問うた。彼が一瞬たじろいだのはわたしの目が恨みがましく光っていたからだろう。首をすくめて、さあ来ているだろうねと言うとそそくさとたち去った。今夜は彼女を連れ出すことはできまい。彼の仕事が深夜まで詰まっていることをスタジオ案内の掲示板を見て知っている。情夫！情夫……わたしの妄想かもしれない。

＊　＊

「妹に打《ぶ》たれて」

アカネは微かに笑みを浮かべて言ったが、こちらの方が驚きのために紅潮して何を言えばいいのかわからなかった。好奇心が凶器と化してアカネを傷つけようとするのを懸命に押さえる。彼女の過去はわたしのものにはなり得ない。教えられたいと望むのはわたしだけの事情だ。教えられたい、何を。貪欲な甘えを楯に彼女の話に敬服して聞き入るのだった。離婚した両親のこと、アカネ自身のこと。

「なんて言えばいいのかしら。言葉にしちゃうと妙に劇的になるから、あたし、嫌いなのよね。音とか、色とかの段階なのよ。どうも違ってくるんだなあ。違う違うと思いながら言わなきゃならないから、疲れるわ」

耳の後ろの傷。膨れて引き攣《つ》れた白い筋。

「父や母は観念でしかないの。神と言ってもいいわ。わたしを産んだ大きく暖かい源泉。そんなものは現実にはないことくらいわかっている。子どもの頃から、なぜ憎み合っている男女からわたしが生まれてきたのか、苦しいくらい納得できなかった。父母が軽蔑し合い大声で罵倒しているのを見ていると、自分の存在を根本から脅かされる恐怖に襲われるの。たぶん妹もそうだったのね。妹が母を殴るくらいなら、わたし死ぬわ。わたしがいて良かった。妹のためにはわたしがいて良かった。あの子、親を好いているもの。あのひとたちはうまくいった」

アカネの身体は傷ついている。耳の後ろの引き攣れ。髪を上げると驚いて呼吸をする古い傷。すまない気持ちになる。人に打たれたことのないわたしの存在が。

「いずれ誰だって死ぬわよね。どっちみち時間は過ぎてしまう。どんなふうか、わからないけど、考えながら、あしたも、あさってもね」

声を立てずに笑う白い首が揺れる。髪が扇状に一メートルも伸びて彼女を覆う。包まれなければならない。せめて、柔らかい暖かい自分の髪に。

「なぜ、生まれてきたのかしら。誰も望んでいなかったのに。わたしにできることはなにかしら」

アカネは見透かすように独りごちた。わたしにはわからなかった。どうして生きていったらいいのか。どうやって生きたらいいのか。

退学届を出した後に何があるのだろう。単なる倦怠が二重に膨れ上がって転がり落ちる。ただのわたしでしかなくなる。なんという心細さ。自分でしかあり得ない、説明のつかない存在こそ望んでいたものではなかっただろうか。しかしどうすればよいのかわからないという悩みは贅沢でありすぎる。多くの人がこうするしかないという制約の中で生きているかもしれないのに。

オキは学問の楽しさをわからせようとしてくれる。興味の糸口が摑めるものだよ。彼は辞書を撫でながら愛情深く言う。手垢で汚れた独和辞典。ページが丸みを帯びて、体温を持った愛玩動物となって手の中に収められている。好き。いつも正しそうなオキが好き。彼は、えっと聞き返し、そして決心したように遠くを見つめる。

日常を虐げることによって何を得るのか、何を失うのか。計算していたわけではなかった。ただ、後悔なんかしていないと言う時に歪みが生じるだけだ。

＊　＊

お金を遣わなくなったので、家から振り込まれる銀行の預金残高は膨らんでいた。学費として早めに処分してしまいたい。預金通帳のカナ文字を見るたびに後ろめたい気分になった。旅行でもしようか。テーブルの上には幾日も前から同じ配置で、土産にもらった九谷焼の茶碗と絵葉書と写真がある。サークルの合宿だ。オキがいる。エトーがいる。カナもいる。その他大勢、多くが一、二年生だ。三年になるとこんなふうにカメラの前でふざけなくなる。オキの顔を飽かず眺める。

顔中で笑っている。清潔な表情。これと引き換えにできるならわたしには出し惜しみするものなど何もなかった。オキがエトーだったらなどと考えるのは馬鹿馬鹿しい。オキの顔をいつまでも眺めた。触れ合いながら均衡を保つこと。わたしたちは互いに少しも責任を負うことなく、自分のことは自分だけで管理しなければならない。

テーブルを移動して窓を全部開け放つ。掃除し終えた頃を見計らったようにカナがやってきた。帽子のつばを団扇にして風を送る。カナの丹念に縮らせた髪はびくともしない。カルピスを勧めると一息ついて、学校の様子を話し、バイトのことを尋ね、エトーの噂をした。カナは性急に返答を求める。念を押して、質問をして、両眼を左右に往復させて鼻をふくらませる。エトー君、エトー君。彼女は親密さをひけらかすようにエトーの悪口を並べ立てた。あいつ、あんな男、エトーってさ。カナによほど嬉しいことがあったらしい。

去年の文化祭に両校合同のサークル発表をすることになってわたしたちの教室にエトーが来た時、カナは寡黙だった。内心の饒舌を悟られまいと時々出遅れた発言をするたびに赤くなっていた。そんな態度の女子学生は他にもいた。エトーは女性をいったん無口にさせる妙な力があったのだ。

カナと話すと頭が痛くなる。のんびりと回転するわたしの思考回路のハンドルを取り、汗だくになってフルスピードで回し始める。白熱したわたしの脳細胞はショート寸前だ。

「カナって、夏ねえ」

カナはストッキングの破れをエナメルで修理しながら、この評価に満足した。うん、よく言われる、あたしの季節なんだ。

わたしは固く乾いた植木にカルピスの残りをかけてやる。するとどこからか嗅ぎつけて蟻がやってくるのだ。甘く染まった砂粒を砂糖と間違えて運んでいく。蟻の行列、黒い点々。幻の蟻を追いかけてわたしは窓の下を捜す。極端に腰がくびれていて発達した尻を振りながら砂糖を盗む。黒い使者はわたしの部屋と地下の巣とを強引に結びつけてしまう。

そうだ、旅行をしよう。一人で旅に出よう。カナが本箱の中を物色している。

わたしはベッドに足を伸ばして雑誌をめくる。カナは窓際に腰掛けて帽子のつばを揺らしている。思考と肉体の溶液は共に混ざり合って流れる。何もかも海の中に流れ込んでいく。海がわたしたちを受け容れるのではなく、わたしたちが海になるのだ。海が衣の裾を翻す時、過去の自分の姿が見える。そこに街がある。

アカネのスケッチブックには鉛筆やパステルの影がうごめいていた。アカネとアカネを産んだ父母を内包する海で流す涙は波濤にかき消される。

「許したわよ、それは、許したわよ」

しかし父母を許すことは自分の存在を許すことにはならないのだろうか。

「わたしの中では大変な無理があるのよ。愛するっておまじないのことなのよ。精子と卵子が出会うって。わたしに恋なんてできっこないじゃない。おまじないがかけられてないまま生まれたんだもの」

突然猥雑な観念に囚われる。男と女の性交場面がわたしの頭をいっぱいにした。次から次へ人類が繁殖していた。終わりを知らない繁殖。男、アカネ、中年プロデューサー、女……。雲海の彼方からオキが来る。男の肉体に抱き込まれる。幾多の人類の官能の修羅場にわたしたちも仲間入りするのだった。彼の腹を蹴飛ばし、彼の胸を腕の槍で突く。荒い息が五感を切れ切れにする……。窓は開いたままでカーテンが揺れている。だいぶ前に、この本お借りするわねというカナの声とドアの音を聞いたような気がする。

＊　＊

ボストンバッグに衣類を詰め、カーテンを閉ざして、ドアを閉めた。季節が変わった。出かけようと思い立ったら太陽が身を潜めたのだ。北の海辺はもうセーターを重ねて着なければならないくらいだろう。

すっかり疲労のカクテルができあがった頃に鉄道を降りて、バスに乗り、しばらく行くと小さな港があった。そこからまたバスに揺られると、なだらかな浜が広がっていた。浜沿いの道には一つしかない鉄筋のホテルと民宿が並び、そのほか幾つかの店が地面にへばりつくように建っていた。

まずホテルの部屋に旅装を解いた。客はほとんど無く、駒鳥のような制服を着た従業員ばかりが目について気味が悪い。それにひきかえ、隣の民宿はギターや笑い声が聞こえて楽しそうだった。夕食だけ民宿の世話になりたいと申し出ると快く承諾されたので、着替えを済ませて外に出た。

夏のなごりは消えて砂が氷の破片と化すところだった。風が容赦なくわたしの髪をかき上げ潮の香りを叩きつけた。部屋に帽子を置いてきたのが悔やまれる。廃船の周りで遊んでいた四人の男女について民宿の食堂に入った。

家庭的な空間だ。わたしは夢中で大きな蟹を食べた。都会では○千円もするんだぞという主人のエプロンに小さい女の子が洟を垂らしてしがみついている。このような場所での会話はほぼ決まっている。ちょっと親しく口をきくと、女はすぐにどこの学校かを尋ね、男は聞かれもしない私事を公表して相手の反応を確かめたがる。わたしは学生でなくなっているので身分を明かすのが億劫だった。火のないストーブのそばに座って地図を見ていると、先ほどの四人の男女がわたしの年齢を当てるゲームを始めた。恥ずかしかったが笑って彼らの鑑識を受けた。髪を垂らしたままだったので子どもっぽくみられるかと思ったが、まちまちで十八歳から二十一歳まで出た。彼らはわたしと同じ年齢だった。明朝の日の出を見に行こうと誘われた。日の出は見たかったが起きる自信はないし、この四人とこれから先も一緒に行動する羽目になる危惧を感じて断った。

わたしは一人で考えなければならなかった。次の春を迎える頃にもう一度学校に行くべきかどうか。どちらにしても決断する時が必要だ。バイトにかじりついているだけの生活は無為に流れ、そんなふうでしかない自分が情けなかった。このことがオキやアカネに無関係な問題だとは思いたくなかった。どこで繋がっているのかといえば、それは眼前に横たわる巨大な哺乳類、海だ。母胎だった。どう生きるのかという問題の共通した母胎だ。どう生きるのか、二十年も生きてきて初めて切実になった。どう生かされてきたかは考えたくはなかった。これからどうやって生きていったらいいのか……、ざわざわと世界中の人に笑われているような気がする。ひどく滑稽な見得を切ったような恥ずかしさがあった。アカネの口から聞いた時、わたしは笑わなかったが、わたしがこんなことを言うのは不似合いだった。どう生きるかだって？　どやどやと風が笑い、砂が囃したてた。

現在置かれている環境の誰かを罪人に仕立てなければ答の出ない問題は回避したかった。ただ未来だけを摘みあげて試験管に入れておく。

海の肌触りを知っている。一見滑らかに濡れているが、実はきめ細かい繊毛に覆われているのである。注意深く触ってみなければ知ることはできない。彼は微かな接触にも敏感に気づいて細い目を開ける。悟られないようにゆっくりと首を曲げてこちらを見ている。恐れてはいけない。感触に満足して手を引っ込めると、海は寛容な態度で午睡を続ける。平常通りに。

下りていると思っていた幕はとうに上がっていた。劇場だ。広大な舞台を前にしてわたしは波間に揺れる観客席に腰掛ける。風に掬い上げられないようにフレアスカートの裾をしっかりと押さえる。スカートの中で二本の足が交叉して暖め合っている。右前方に〈禁煙〉の文字が赤く浮かぶ。ブザーが鳴ると一斉にざわめきが静まり、潮騒に混じってしわぶきが聞こえるだけだ。わたしは目を大きく見開いて、この広い舞台で起こる芝居のひとつたりとも見逃すまいと身構える。と思う間もなく、少女が走り出て（少年だったかもしれない）顔が歪むほど口を開け、両手をメガホンにした。え、なんだって？　どんなセリフ？　しばらく観衆は息を詰めてどんなキーワードが発せられるのか待つ。沈黙、また沈黙。誰かが低く笑うとどよめきが波紋となって広がり、順につられて笑い出す。こりゃ傑作だ。なあんだ、そうだったの。そういえば、なるほどね……。誰もが納得して隣の人をつつく。慌ててプログラムを捲った人はそこにやっと、叫びの図を理解する。なんという恐ろしい図だろう。いったい何が可笑しいのだろう。哄笑が場内に煙る。わたしは瞬きも忘れて見つめ続ける。瞳が潤いを無くしてひび割れるのを感じる。観客は作品の完成に加担したのだ。観客の笑いが無かったら舞台の価値は半減しただろう。舞台の少女が一瞬、安堵の表情を浮かべたのをわたしは見逃さなかった。失望して立ち上がろうとすると、後ろの老人がぐいと肩を押さえた。（あんた、どこに行くんだね）（……サクタローの詩を読みに）老人は嬉しそうにうひゃうひゃと笑う。ほとんど歯が無いらしい。（それは平べったい家が並ぶ街にいる猫の親子のそれじゃないかね）わたしは唇を強く噛んで頷く。唇が赤くなり歯の間から血が滲む。もじもじとセーターの袖口を引っ張って摑んだ手をスカートのポケットに入れ、ホテルに帰る。

鬼火に似た浜辺のキャンプファイアーが煌めいている。吊り下げられた布製の人形となって部屋の窓ガラスに顔をくっつけて下を見た。黒いカンバスの中央に真っ赤な口が火の粉を吐いている。周りで多くの男女が歌っている。風向きによってわたしの所まで届いたりかき消えたりした。美しいメロディだった。耳を澄ましてもっとよく聞こうとする。海は周波数の合わないラジオの雑音を演出している。規則正しく潮を引きずっている。わたしの目には夜空の星も民宿の灯も沖に浮かぶ船の明かりも見えなかった。ただ燃え上がる火があった。彼らはいつまでも歌う。わたしも以前どこかで歌ったことがあると思った。何回も主旋律が繰り返されるあれだ。懐かしいメロディが遠ざかっては戻ってくる。終わらない回旋曲だった。

＊　＊

その地下の喫茶店はいつにも増して混んでいた。客とウェイトレスとがぶつかってカップを割る派手な音がした。ＢＧＭのバロック音楽もこのような騒々しい雰囲気の中では耳障りな雑音に過ぎなかった。オキは一番奥の席に座っていた。わたしはこの日オキが来ないのではないかと思っていた。それならそれで一時間だけ待って帰ろうと勝手に決めていた。ほっとする。来てたのと言うと、彼は変な顔をして雑誌を閉じた。

「旅行してたんだって？」

オキは非難の口調で言った。わたしはサーブ権を得たバレーの選手のように身を乗り出した。

「ええ、寒かったわ。漁港のある海岸よ。夏に一緒に泳ぎに行った浜とは大違いよ。もっと狭くて松の木は一本もなくて深夜に長距離トラックが走る道路がすぐ横にあったの」

オキの背後の壁にペルシャ風の織物が掛けてある。わたしがオキの顔色を窺うと、壁掛けがひょいと持ち上がって向こうから人が覗いていた。それはオキと並んでこちらに顔を向けた。

「旅行もいいけど、考えているのかい。来年のことは」

「そのために行ったのよ。結論は出ないけど。きょうまであたし何もしなかったわ。映画や芝居はたくさん観たけど、おかげで目を悪くしたわ」

オキとペルシャ男(?)を見比べて言った。恐る恐るサンドウィッチを摘んでペルシャ男に差し出すとペロリと食べた。生き物特有の感触が掠めた。わたしはびっくりして丹念に指をおしぼりで拭った。

「やはり学校に戻るべきだな。中途半端だよ。怠けてるよ。だめだよ。勉強しなよ。好奇心を持てよ。やることはいっぱいあるじゃないか。たとえ授業を聞き流してたって面白そうな糸口はあるよ。もったいないよ。今のうちじゃないか。怠けるのは後でもできるんだから。僕はね、全身が要求しているのがわかる。やらせろ、読ませろ、見せろってね。できるんだよ、何だって、今、やろうとしていることは」

オキは腕時計を見た。わたしは、そうねと言って頬杖をついた。すると、ペルシャ男が同じように、そうねえという表情で頬杖をついたので、気を悪くした。

失礼な壁掛けだ。オキの声は耳に心地よく響いた。なにやら幸せな気分になった。精一杯従順な顔をしてオキの話に相槌を打った。ペルシャ男は、オキの横で深刻そうに頻《しき》りに頷いてわたしを見ていた。サンドウィッチの皿を見張って奴がつまみ食いをしていないか確かめる。オキは目で抱き言葉で愛撫した。こんな時は水入らずになりたいのに、ペルシャ男は気が利かないことだ。

オキは、用があってきょうは帰るが週末にアパートに行くと告げて席を立った。わたしはきっとねと応じて、もう少し居ることにした。（いいかげんにしたらどうなの）厳しくペルシャ男をたしなめる。彼は黒い顔の中央にある大きな目を潤ませた。なぜそんなに悲しそうな顔をするのだ、たかが壁掛けのくせに。どうせ腹が減っているのだろう。（正体を白状しなさい）ペルシャ男は何か言いたげに口を動かした。と思ったら目にもとまらぬ速さで残っていたサンドウィッチを摑んだ。ペルシャ織りの壁掛けは重厚な風情を誇ってそこに掛かっていた。憮然としているわたしに向かってウェイトレスが追加注文はありませんかと言いにくそうに訊いた。

＊　＊

洗い立てのシーツは張りがあって寝心地が良かった。目覚まし時計と対話しながらまどろむ。バイトだけは欠かさない。視聴者からの葉書の整理とアカネとのお茶の時間がわたしの世間並みの生活のすべてだった。電車に乗り、会社員を気取って仕事をするのは芝居がかった楽しさがあった。シーツの中と街の中のどちらが真実なのかよくわからない。シーツの中で喫茶店に居るようであり、電車に乗っていても寝転んでいるようだった。行けども突き当たることはない。布袋の内側の新しい感触を求めて潜っていく。

アカネは時々眼鏡をかけた。それは表情をより厳しく見せ、端正な顔の輪郭を引き立てる。わたしが自分の仕事を終えて入っていくと、アカネはペンを休めずに茶菓の在処を教えてくれたりする。彼女はわたしが思っているほどわたしのことを考えてはいないらしかった。他の誰にも関心を寄せている気配はなかった。例のプロデューサーに対しても例外ではない。アカネが優位にたって自由なのならば許しても良かった。

「アカネさん」

わたしは何かを言うたびに悔恨に染まる。

「あなたってすぐになぜって言うのね」

眼鏡を取り、こめかみを押さえる。

「きのう、搬入したのよ」

わたしが旅行をしている間もコンクールに出品する油絵の制作に打ち込んでいたのだ。わたしたちは同じような作業をしていたと言える。一方的な友情は迷惑だろうか。美術展に入選すれば作品が全国を巡回するのだ。

「抽象画？」

ばかな質問をするなと言いたげに首を振る。

「風景よ」

それだけでだいたい想像がついた。わたしは心象風景を強引に共有したかった。

そこには空があり、樹木があり、人々がいる。その人々の中にわたしも入っているかと尋ねようとして口をつぐんだ。事務所の窓が夕陽に映えて橙色に輝く。テレビ局の玄関がにわかに活気づき、十五、六歳の少女たちが放たれた兎のように走りだす。二人、三人、続いて数十人の少女たちが童顔にうつろで不敵な形相を浮かべて、玄関から、配車センターのある裏口に向かって走る。守衛の制止のかいもなく、銀色の長い手足が売りの少年歌手が餌食となる。係員の怒声、少女の嬌声、車の発車音、ブレーキ、歓声、発車音……、車は強引に排気ガスを吐き出して、群がる少女たちを振り切って走り去る。巨大なポスターを掲げて泣き叫ぶ。カメラを振り回して追いかける。こうした見慣れた騒動が夕陽に照らされて長い影を作っている。影はわたしたちの部屋にも長く伸び、柱時計の針をせっついている。少女たちの世俗的な口調を真似て言った。

「絵が売れるようになって、職業として成り立つわけですね」

「愉快ね。売るってどんな気持ちかしら。あなた、自分の何かを売ったことある?」

けらけらと高笑いをした。長い影が幾重にも伸び、壁を這い回る。いやな夕暮れだ。アカネは鉛筆を削り始めた。小刀が木屑を飛ばした。次第に尖っていく鉛筆の先端を見つめているわたしに向かって言った。

「大学に入り直した方が良いんじゃないかしら。今更つっぱることはないわよ。資格取得のために単位の計算をして過ごすのはくだらないって、わかってて、すればいいのよ。わかっててしないよりも、した方がやっぱり良いのよ」

学校に行くしか能のない人間だということは実感としてわかる。四年間在籍してちょっとその気になればなにがしかの免状を取ることはわけない。目的なのではなくそれしか出来ないのだ。目的意識のない生活を送った結果、一定の評価を得て卒業していく。その後のことなど考えても仕方がない。社会に出れば細かく分類され統合される。その中にきっちり収められて運ばれるだけだ。どんなに反発し手足を伸ばして壁や床を突いてみても、所詮一定のジャンル、たとえば大卒女子自由志向型などという枠の中で大人しく運ばれねばならない。

ひんやりした感覚を飽くことなく求め続け、ハツカネズミのようにぐるぐるとシーツの中で這い回る。目覚まし時計は二十秒のけたたましい任務を律儀に果たした後は静かに時を刻んでいる。静寂が却ってわたしを落ち着かなくさせる。起きなさいと言われたら起きてあげるのに。誰もいない、この部屋には。ようやっと這い出して窓を開ける。ベランダに並べた植木鉢の葉は枯れて秋の風を受けている。乾いた土が硬直している。ベランダを伝って下の地面まで連なる蟻の行列、黒い帯の中に無数に蠢く蟻の、いや、もう有りはしない。あれは夏の光景だ。わたしは目を擦ってあくびをする。

＊　＊

街の中を環状に電車が走っている。半円行った辺りの駅で降りると城跡公園がある。広い園内を一冊の本を右手で摑んだり左腕に挟んだり胸に抱えたりしてベンチを捜す。明るくて風の通り道で、なるべくならアベックの邪魔にならない所を捜す。

広告板の取れた古い木製のベンチに積もったポプラの葉を払い除けて腰を下ろす。足を組んだり椅子の下にしまったりしながら本を読む。面白い記述に出会うと顔を上げて笑いたくなる。首を曲げて少しだけ歯の間から舌を出してみる。天守閣の向こうから雨雲が忍び寄る。もっと面白い言葉に出会うと、立ち上がってベンチの周りを散歩する。口の中で美味しいガムに変えてしまう。また座り直してページをめくる。いきなりページに染みができる。続いて二つ、三つと大きな染みが打ち込まれる。空を仰いだわたしの頬にぴしゃりと水の滴が落ちる。雨だ。みるみる世界はかき曇り、やおら横の茂みからアベックが飛び出した。殺虫剤に追われた害虫の姿で。わたしは舌打ちして立ち上がった。

一番近い軒先まででも四、五百メートルはありそうだ。追い立てるように雨脚が速くなった。走り出す。ビアガーデンの大看板の下が良さそうだ。傘のない人が集まっている。頭を抱えて走り込む。誰かがすぐに止むだろうと言った。待つことにした。

わたしの名を呼ぶ釣り針に掛かって振り返ると、思いがけずエトーが立っていた。瞬間くらくらする。断じて走ったせいである。足元から順にエトーを見上げ、やはりそこにエトーの顔があるとわかると口を開けて雨粒を受ける格好になり、慌てて唇を引き締める。

「久しぶりだね。退学したって本当?」

「本当よ。でも、また戻ろうかと思い始めているの」

驚いた。媚びている。

「しかし、一度正式に退学した者が簡単に戻れるのかい、きみとこの学校」

「わからないわ。一応、そういう試験を受けて……」

「ふうん。準備中か」

違うが仕方がない。

「回りくどいことをしてるんだね」

雨は当分止みそうになかった。ぼんやりしているわたしの肩を叩いて、エトーは「入ろう」と言った。エトーは雨の中を走ったりしない男なのだ、オキみたいに。

ガラス張りの明るいパーラーの中で間近に見ると、やはりどぎまぎした。こ、このプレイボーイめ、こんな男はギリシャ神話の中だけで活躍していればいいのだ。

「エトー君って噂の多い人だわ」

「ああ、あのこと？　うん、あっち？」

クリームパフェを食べながらどうしてこんな子どもじみたものを注文したのだろうと自分を責めてみる。

「きみ、知ってるかい」

知るわけないでしょう、学校にもどこにも行ってないんだから。はみ出したクリームをナプキンの端で拭き取って、続きを待つ。

「オキがドイツの留学試験にパスしたらしいよ。すごいな」

わたしはスプーンを揚げた。

「オキって、あのオキ君？」

エトーは鷹揚に肯き、これで用を足したとばかりに窓の外を見て伸びをした。

「二年間かな。あいつもうまくやったなあ。ま、あれだけ勉強する奴も珍しいからね」

記憶の器をまさぐった。確かこんな宣告を前にも受けたことがある。胸の奥の大昔の助けを求めずにいられない。オキ、どこでだったかしら、あなたがこんな時にわたしを励ましてくれたのは。わたしはガラスを伝う水滴を追いながら、腰を浮かせた。

「急用を思い出したの」

「ちょうど良かった。僕も用を思い出したところなんだ」

そそくさと立ち上がり、ドアの所で振り返ると、エトーは座ったままのんびりと手を振っていた。アポロそっくりの顔をして。

＊　＊

足を伸ばしてカーテンをめくる。青い光が零《こぼ》れる。きょうは何曜日だろう。週末にオキが来ると言っていたが、まだ土曜日ではないのかしら。ドアの口に捩じ込まれている新聞を引っぱり出す。明け方にわたしを脅かした金属音は新聞配達の音だったのだ。広告のビラが束になって落ちる。そんな音にさえ心臓が跳び上がる。ふいに目覚まし時計がけたたましく鳴り出す。嘘、こんな時間にセットした覚えはない。息を止めて時計に飛びつく。六時、いったい、いつの。

カーテンの隙間から外の様子を探る。下の道路を英国製の大型乗用車が音もなく走る。角の街灯が白くしんとしている。タオルを首に巻いた老人がジョギングしている。痩せた身体にランニングシャツ一枚だ。あ、おじいさん。この前海岸で会ったおじいさんではありませんか。いつも走っていたの？　わたしが寝ている時も。通り過ぎたと思うと、また同じ所を走っていて、老人はわたしの方を見上げた。「おはよう」と言おうとする舌が強張る。ペルシャ織りの壁掛け男だ。にっと笑った。黒い顔に黒い目が皺だらけになって生臭い息を吐きかける。わたしは男が部屋に上がってくるのではないかという恐怖でいっぱいになった。と思って目を離したすきに男の姿は消えていた。何者かが階段を昇ってくる音がした。ドアを見つめる。鍵はかけてあるが、郵便受けの口からも鍵穴からも入ってくるかもしれないのだ。硬直してドアの向こう側に目を凝らす……。

刻一刻と明るくなった。小鳥の囀りが始まった。朝だ。久々の朝だった。朝らしさが展開する。張り切って走る電車、通勤の人々、自動車のクラクション、活発な主婦の声、小学生の笑い声。牛乳をミルク鍋に入れてガスの火にかけ、新聞を広げる。社会面の小さな記事が誘う。わたしのために書かれた記事だった。初めて知るアカネの住所と家族名が畏まって彼女の自殺を知らせていた。

アカネはわたしに気づくと肩をすくめてみせる。描き上げたばかりの絵の前にいるアカネはあたかも鏡に向かって化粧をする女のように見える。アカネはこちらをかえりみて困ったように笑っている。アカネさん。彼女は両手を腹に当てて丸くした。あ、アカネさん、おめでた？　アカネは嬉しそうに口を動かした。おめでた……、そうだったの、アカネさん、赤ちゃんできたの。アカネの足首を海水が洗い始める。そして膝小僧を波がくすぐる。腰を白く泡立つ海が優しく愛撫する。風が吹いて湿った潮風が鼻孔を満たす。待ちきれない海はついにアカネを激しく掻き抱き、連れ去る。しばらくすると置き去りにされたわたしの耳に、アカネの短い笑い声が聞こえる。広い胎内の中で羊水と戯れはしゃいでいるアカネの声だ。父母の温かさに抱かれている。

沸騰した牛乳が恐ろしい音を立てて溢れた。ガスレンジに白い液が流れ落ちる。半減してしまった牛乳をカップに注ぐ。固いドーナツを一口大にちぎる。一つのかけらを牛乳に浸して持ち上げると凝固した脂肪の膜が垂れ下がる。涙が溢れる。目がかすみ、ドーナツが見えなくなる。震える唇をこじ開けて押し込む。口端から牛乳がこぼれ、その上に涙が流れる。喉が縛り付けられたように塞がれたが、力を込めて呑み込んだ。涙が首筋から胸を伝って流れる。顔の筋肉が痙攣して自由にならない。声を上げた。タオルを押し当て、どうしようもない涙の氾濫と戦わねばならなかった。

電話が鳴ったのは昼過ぎだった。

「あなた、彼女から何か聞いていましたか」

例のプロデューサーだった。テレビ局の人間から遠慮のない質問攻めにあっているに違いない。公然の秘密だった男がわたしのところに電話をかけてきてどうしようというのだろう。

「いいえ、何も」

「いや実は僕も新聞を見て驚きましてね。けっこう有名人だったんだな、親が。しかし、全くそんな、悩んでいたような気配はありませんでしたなあ」

わたしと協定を結ぼうというのか。同意を求めたって絶対に相槌など打ってやるものか。

「絵を描いてらっしゃいました」

「絵？　そうか、コンクールに出したと言っていたが、結果はどうだったのだろう。そいつかな、動機は」

「美術館に問い合わせればわかるんじゃありませんか」

慌ただしく切れた。その方面に問い合わせてアカネの死に新しい見出しをつけようとしているテレビ局の活気が電話から伝わってくるようだった。死は一人歩きを始める。アカネの家族の談話が四行の活字でメッセージを送っていた。

＊　＊

オキは定刻にやってきた。部屋のドアは彼の到来を知ると歓びの音をたてて開く。はしたないドアだ。

「いつ帰ってくるの」

「だから言ってるだろう。留学期間は二年だが三年は帰らない覚悟だって」

希望に輝いた顔。野望に燃えた瞳。チャンスに恵まれたオキの前途が眩しい。

「おやじの喜びようが可笑しいんだ」

朗らかに笑って、つないだわたしの手を握りしめる。

「きみも受けたらどう？　語学はみっちりやらなくてはだめだぞ。待ってるよ」

わたしは力なく首を振る。

「日本で待ってるわ」

待つという言葉の空しさはよくわかっている。忘れないという程度のもので、必ずしも覚えているということではなく、それは待つことにはならない。わたしたちが人を待つことなどあり得ない。待たれていることを信じないのだから。

「行ってらっしゃい。これからよね」

「そうだよ。ぼくらは若いんだから」

　自分で若さを賛美するなんて可笑しいことよ。あなたのように自分を謳歌することがわたしにはできない。あなたは本当は老人じゃないかしら。あなたの中の老人があなたの外の若さを讃えているのではないかしら。あなたは自分の若さを強制する。オキは、これまで経験したどんな旅よりも翼の多い旅に出る。別れではない。別れは出会いがあってこそ存在する。わたしたちは初めからこの別れに見合う出会いを持たなかった。

　跪《ひざまず》く、顔を見られたくなくて。オキの赤い線の入った白ソックスが並んでいる。緑色のカーペットの詰んだ編み目が涙でかすむので、しゃがみこんで顔を近づける。なに？　オキの不審そうな声。蟻がね。カーペットをほじくる。繊毛が浮いて絡んでくる。蟻が困るのよ、やって来て。二階なのに？　オキも長い足を二つ折りにして、わたしの手元に顔を寄せる。蟻ってセクシーね。グラマーね。指先がカーペットを破り、床を削り、闇の向こうをほじくる。わたしたちの眼下に断崖が切り立って別の世界の冷気が忍び寄ってくる。両手をついて凝視する。部屋の抜け穴が待っていてくれる。行かなくちゃ、わたしも。わたしがオキのように自分の若さを誇ったことがあっただろうか。五十年後に、あの頃は若かったと言えるだけの若さを今、味わうことができるのだろうか。わたしも行かなくちゃ。オキが肩に手を置く。そうだよ、僕たちはこれからなんだ。

＊　＊

いっそのこと病気だったことにして医師の診断書を添えて再入学願書を出したほうが効果的だというのが、カナの意見だった。彼女は医師の叔父に頼んでやってもよいとまで言ってくれる。貸してあった本も珍しく返してくれたし、どうしたのだろう、十分すぎる友情を発揮してくれる。カナは教職と司書は予定通り取れそうだが学芸員は時間割上無理があって四年では取れそうにないと腹を立てている。三つも資格要らないでしょうと自分で突っ込んで首を横に振っている。

再入学のための面接に答える練習をする。あの涙もろいクリスチャンの学生部長の顔が去来する。先生、健康も快復しましたし、また勉強したいのです。勉強したいんです、勉強。教授会がこれほど向学心に燃えた学生を拒否するわけがない。

「えー、休養中、何か本を読みましたかな」

カナが××教授の口調を真似る。

「あー、きみは△△じゃなかったかね」

噴き出す。あの先生はよくわたしを△△と間違えて呼んだのだ。笑いの火薬庫に火がついて弾ける。腹の筋肉が痛くなる。息が止まりそうだ。本棚の本を摑んでは投げ出す。摑んでは投げ、壁を引っ掻いて、枕を踏み台にして、床を書物で埋め尽くす。何よりも滑稽だったわたしの生活。悲壮な英雄気取りで学生証を返上し、今また土下座をして両手を差し出している。ところが専攻していることといったら、同じような悲壮な英雄気取りの若者を主人公にした物語の類いなのだ。なんと勿体ぶった作り話なのだろう。文学、文学、どの本もわたしを混乱させ、無様な姿へと導いた。笑い転げながら憎悪を燃やす。

小さな丸い椅子が軋んで回転する。手足を宙に浮かせ、真鍮の杭に中心を委ねる。わたしの表裏が晒される。カウンセラーの生真面目な眼差し。わたしの平らかな網膜に新しい角度の光を当てようとする。（どこで見たのですか）（たぶん夜の海だと思います。とても波が高くて、呑まれそうでした）（一人だった？）職業的、戦略的な親しい問いかけ。（ええ、一人でした。いつも一人で、そうだわ、綺麗なショーウインドウがあったんです。中を覗こうとすると自分の姿が映っていたので、髪を撫でつけたりしてました）（どこに行こうとしていたのだろうね）（さあ、覚えていないけど、でも急いた気持ちでした）（アルバイトをしていたでしょう）（はい、テレビ局で。そこへ行く時だったのかしら。違うような気がします。とても急いでいたんですもの。早く行かなければって、その時、遅れそうだったんだわ）（約束があったのかな）（……海を見に行ったのかもしれません。潮の満ち引きは正確で待っていてはくれないでしょう、だから……。約束って、誰と）青い髭剃り跡はこちらからの質問を受け付けない。（なぜ、海を見に行かなきゃならなかったんだろうね）（なぜって、単に希望していたからよ。理由が必要ですか）（そこで見えたのは自分自身だと言ったね。本当はそんなものを見たくはなかったのだろう。どうだろう、冷静に考えてみようじゃないか。もう一度、初めからやり直してみよう。まず、学校をやめたところから）（何度、同じことを繰り返すんですか。わたしは今、学校をやめたりしていません。もう、ちゃんと卒業できます。元通り、真面目に生活してるわ。どこがいけないのですか）涙声になったわたしを奴はなだめ、注射を打とうかどうか迷っている。（ちょっとわからなくなっているんだよ。だが心配しなくてもいいんだ。きみが相談室に自発的にやって来たということで、正しい判断能力があるということがわかるんだからね。わたしは手を貸すだけなんだよ。静かに思い出せることを話してごらん。いつか見た夜の海、荒れていたのだろう。え、どうかな？）落ち着き先を捜し、質問に分け入ってさまよう。（いやです。何度、同じことを言わせるの。そんなもの、知りません。何だって見えるものを見る権利はあるでしょう。どうか、ほっておいてよ。何もないんだから）

海草がたゆたゆと背中をくすぐる。大きな力に押し出される。自由に歩き、本を読み、人と語り、笑い合う。果てしなく繰り返される波濤の響きが聞こえる。

（了）

ウリコ

幼い頃のウリコは実によく眠る子どもで、「ウリコがまた居眠りしている」という呆れた声をよそに惰眠をむさぼったものだった。朝食を抜いても一秒でも余分に眠りたがり、学校から帰ってから夕食に起こされるまでふとんに潜り込むという日も珍しくなかった。「起こしてこい」という父の声を制するのはいつも祖母で、「子どもは眠って育つものですよ」とか「今にいやでも眠れない時期がくるのだから」とか言うのだが、母はたいてい黙って気味悪げに顔を覗き込んで手のひらをかざしてみるのだった。「生きてるわ」

日曜日など午前中に起きることはめったにない。家族の批評を意識のかなたで聞きながら、覚醒に向かう力に抗って文字通り夢中で睡眠の底に沈潜するのだっ

た。起き出したところで何一つおもしろいことはなかったが、眠り続けていれば
ますます頭がはっきりして深く物事を観察できるような気がしてならなかった。
永久に眠りから覚めなければ何か一つのことに大成できたのに。時々起きて中断
しなければならなかったから、進歩のないつまらないおとなになるしかないのだ、
と思われてならなかった。

それで、予期した通り、睡眠不足がたたって、月並みに成人し、平凡な結婚を
した。

気がついてみれば、それぞれの両親との六人の所帯でテレビのチャンネル争い
に明け暮れる毎日であった。若夫婦にはきょうだいがいない。そしてまだ赤ん坊
がいない。そのためにいつまでたっても子ども扱いされながら、逃げ出すわけに
もいかず、食器を洗い続けていなければならなかった。

壮健な親たちは早朝から雀卓を囲んで、昨夜の負けを取り返すことに我を忘れ
る。彼らは仲が良かった。結婚に際しても本人よりも先に親たちが意気投合して
さかんに往き来していた。

夫のイサムは毎日働きに出るからよい。ウリコは騒ぎに巻き込まれるのがいやなので、毎日のように昼前に家を出て、映画を観たり、デパートを散歩したり、テレビのクイズ番組に出たりした。

姑はテレビドラマが好きで、母は化粧が、男親は揃ってゴルフが好きだった。二人ともサラリーマン生活はあっさり辞めて、株の売買が唯一の仕事らしい仕事である。母はイヤリングやネックレスを姑の顔にあてがって「お貸ししますよ。肌がおきれいなんだから、もっとお洒落なさったら」などと言う。母の挑発にのらず姑が舅をほれぼれと見上げていれば、母の方は声をひそめて「わたしたち、現役なのよ、あのほう」とまんざらでもないふうに言う。

彼らは力持ちで食欲があり、家事能力もあるので、若い二人は当面自分のことだけを心配していればよいのだった。

ウリコは十代の頃のようには十分に眠ることができなかった。四人の親が早朝から麻雀を始める。階下でパイをかき回す音が枕の中で響き渡る。イサムが半身を起こして呟いている。「僕らのほうが先にくたばるぜ、こりゃ」

二階の寝室は無理な造築のためにできたでこぼこのある空間で、二つのベッドを並べられずT字形に置いてある。たんすが窓の半分を塞いでおり、たった一つのコンセントから延ばされたコードが部屋中に絡んでいた。何回つまずいて痣をこしらえたかわからない。それでもウリコにとっては冒険心をそそる愉快な場所だった。

古来、屋根裏の物置には不思議な可能性があるものである。階下を占領している「まだ現役」の二組の夫婦に気兼ねすることなく、ふざけたり夢想したりができた。光の移ろう小窓を眺めては眠りをむさぼり、ひとときでも子どもの頃に覚えたあの深い快楽を再現しようと潜り込んだ。

春のある夜、人の気配があった。ベッドの端が重くなり、こちらを見ているものがある。泥棒だと直感した。窓が開いてさやさやと樹木が鳴っていた。「ど、ど、どろ、ぼう」と大声で叫んだつもりが、声にならない。ど、ど、……、男は「泥棒じゃないよ、静かにして」と口に指を立てた。ウリコは気が動転して夫に知らせようと首を巡らしたが、寝相の悪いイサムの顔がどこにあるのか、よく見えない。ベッドのT字配置は不便だ。

男は穏やかな声で言った。

「いいじゃないか。起こさなくても。べつに」

「べつにって、何の用？　何なの、これは」

窓の方を向いて出て行くようひきつって視線を送る。

「固いことを言うなよ。どうってことはないよ」

ウリコはふとんに潜り込んだ。悪い夢を見ている。よく寝て解消しよう。ましな夢を見て、忘れよう。深呼吸し、得意の寝付き技でもって神経をなだめ、睡眠状態に入った。

どれくらい経ったのか、女の声で目が覚めた。ひそひそと女が誰かに話しかけ、相手が応える気配がある。恐る恐るふとんの端を持ち上げた。すると、まだ夜だった。舌打ちしてぎゅっと目を閉じる。早すぎた。なんと長い夜だろう。しばらくすると、静かになった。

怖い物見たさで片目を出した。男が「ばあ」という顔で笑っていた。飛び起きた。ウリコは夫の方をうかがってふとんの膨らみを確かめた。

声をひそめて男に手招きした。

「やめてよね、こういうこと。あたし、いいって言った?」

男は首を平然と横に振る。

「ぼく、アマノ。ウリコさんでしょう」

「アマノ? ア、マ、ノ。天邪鬼のアマノさん、か」

「うん、それいやなんだ、言われるの」

「天邪鬼のアマノって?」

吹き出しながら、心の中で三回も大声で囃した。彼は背広を着ていたが、ネクタイはしておらず、ワイシャツのボタンが一つ外れていた。頭はぼさぼさで、顔は不満でいっぱいであちこちから溢れ出そうだった。この人は何かに困っている。お金? 枕を膝に抱いて考えた。女性の共犯者がいるのか。事態に窮してもじもじしている。そのうちにぷいと窓から出て行ってしまった。

アマノは夜中に時々現れた。来て何をするというのでもなく、窓枠に腰掛けてぼんやりと夜露を受けていたり、たんすの手触りを調べたり、部屋の一辺を巻き尺で計測したりした。乱暴を働くわけではなく、泥棒でもないので、ウリコは慣れて、こういうこともあるのかと思っていた。

「アマノさん、昼間はどんな仕事」

にやりとして襟を立てる。

「堅いんだよ、これが」

「時々話している女の人は?」

小指を立てて見せる。特別の間柄らしい。

「へえ、たいへんね、奥さんも、夜分。仲がいいのね」

「いずれ、一緒になるんだよ。もうすぐね」

にわかに彼の生活が匂ってくるようだった。結婚の準備に手間取っているのだ。結婚すればとか、結婚するまでにはとか、生活のかかっている男に見えてくる。

「あなたも、エプロン、編物、おみおつけに憧れるくち?」

アマノは悲しそうな顔をして反駁する。

「でかい家に住むそういう家族の構図、憧れて悪いかい」


ある昼下がり、姑と母が芝居見物に出かけたので、珍しくウリコが昼食の支度をした。舅と父は庭でパターの練習をしている。呼びに行くと、二人はクラブを杖代わりにして立ち話をしている。何やら秘密めいた話しぶりで、うなだれたり、首を振ったり、顔を見合わせて嬉しそうにしたりしていた。「名義」だの「登記」だの「担保」だの、聞き慣れない単語が耳に入った。


舅は元銀行員で、父は元商社員である。舅の土地に父が家を建てた。同居に当たって、彼らは専門知識を駆使し、合法的な操作によって税金がなるべくかからないようにしたらしい。どのような変更や書き換えをしたのかよく知らない。が、一家の財産であるには違いない。そんな仕事のような話なのだろう。

「お昼ですよ」

呼びかけた。二人の男はぎくりとしてこちらを見た。引きつった瞬きで「親子丼じゃないかね、この匂いは」と言った。「ウリコさんの親子丼はうまい」とも言った。

二人が食堂に行ったあと、庭に出て二階に続く屋根を見上げた。樋《とい》が少し歪んでいる。アマノはここから伝って登るのだろうか。改造前のバルコニーの名残で小屋根のせり出している部分がある。ため息をついた。ご苦労なことだ。

イサムに問うてみた。「あなた、ああいう場所を、ひょいひょい登れる?」

彼は夜の珍客を認めない。

「また変な奴と知り合いになったんじゃないだろうな。やめてくれよ。新聞に名前が出たらどうするんだ。ぼくの人事考課に差し障る」

「ピーターパンかもしれないじゃない。偏見を持っちゃだめよ」

「ピーターパンがこんなむさ苦しい所に来るものか。泥棒に決まってる。盗るものがないから悔し紛れに嫌がらせをしているんだ」

「恋人と一緒なのよ。美人かもしれないわよ」

「アベックか。美人? だった?」

初めて夢想するような甘い表情になった。

夏の夜、熟睡しているところを無理矢理引っ張り上げられた。寝ぼけまなこで探る。

「ちょっと出てきてくれ」

アマノがウリコの腕の下に肩を入れてきた。どこへ？　声にならない。頭が朦朧として足元がおぼつかない。麻酔にでもかかったように眠たい。アマノの肩に頭をのせて寝息をたててしまう。足をこっちにとか、そこ持ってとか言うのだが、されるままで、体のあちこちをぶつけているうちにドスンと下に落ちて、目が覚めた。

冷気が全身をわしづかみにする。夜露が絡んで震えた。身を縮めてアマノの手を払いのけた。

「しょうがないな。じゃ、おぶってやるから」

アマノはウリコを背負い上げると、猛烈な勢いで駆けだした。現われた相棒の女が伴走する犬のように寄りそう。背中から湯気が立つほどで、ウリコは胸が汗ばむのを感じた。

時々お尻を叩かれる。女はどういうつもりなのか、かけ声をかけながら力いっぱいウリコを叩くのである。やめてもらいたいが、女の真っ赤に裂けた口が笑っているのを見て我慢した。見てはいけないものを見てしまった気がした。

どこをどう走ったのか、小高い丘の上に着いた。そこには一本の杉の木があった。

「何を始めるつもり。あたし、そういう趣味はないわよ。ないわよ、全然」

アマノがロープを持ち出したのを見て叫んだ。あっという間にネグリジェを脱がされる。

「変態。ばか」

杉の木に縛り付けられ、身動きがならなくなった。

「こういうの、好きじゃないのよ。やめてよ。サディスト」

女が初めて口を開いた。

「さあね。案外、悪い気はしないんじゃないの？　ウリコさん。あんたが丘の杉の木を見て縛られる夢を見たことが一回もないって、言える？」

「ないわよ。ないわよ」

泣きわめいた。アマノは自分の着ていた服を脱ぎ捨てた。そして、ネグリジェを着てくるりと回った。女が吹きだして眺めている。そのネグリジェはウリコ自身の手で縫ったものである。夏のホームドレスとして作ったのだが不格好なので寝巻きになった。それを男が着て遊んでいる。

「天邪鬼のばか。似合わないわよ。絶対、変。笑ってやる。おばけ。この、変態男」

アマノはむっとして、ウリコのあごを指で持ち上げた。

「御姫さんよ。ここで気の済むまで泣いておいで。どこにも聞こえない。おまえはもう、宿無しだ。あの家は、俺たちのものになった。バカはどっちかな」

女が涼しい顔でアマノを促した。二人は抱き合って長いキスをした。弾むように丘を駆け下りて見えなくなった。

ひとりぼっちになった。夜空の星が低く瞬《またた》いている。月明かりの下で、木にくくりつけられた女のシルエットだけが浮かんでいる。犬の遠吠えが聞こえた。鳥の羽ばたきがかすめた。背後に回された両手を動かすと幹が擦れて痛い。足首のほうは固くてびくともしない。

あの家は俺たちのものに……アマノの言葉が引っかかる。確かにそう言った。考えながら体を動かす。一つの不安が浮かんだ。ばかげている。あほらしい。

ぱらりと縄がほどけた。手が自由になった。足も自由になった。縄をつまみ上げて少し落胆した。木の幹の荒々しい感触が少しも不快ではなかったことに気づいた。頬ずりして木を抱いた。アマノの女装を思い出すとおかしくなった。裾からすね毛の足がにょきりと出ていた。彼らは去り際にキスをしていた。その姿は美しかった。思い出しながら自分の手の甲に唇を当てた。何がどうなっているのか。ともかく急がなければならない。

丘を駆け下りた。

家の門灯が見えた。庭の水銀灯がぼんやり灯っている。イサムが飛び出してきた。パジャマ姿である。捜しに行くところだったと言った。

「無事か。ついに泥棒が入った」

「ひどい目に遭ったの」

「おまえ、その、まさか、やられなかったか」

ウリコは断言した。

「やられなかった」

座敷には煌々と灯りが点っていた。親たちは揃って起きている。話し声がする。庭の草むらに足を取られながら、カーテンの隙間から覗き見た。座敷机に書類が並び、六人が正座している。なんと、アマノと女が座っている。神妙な顔で何か言うのを、四人の親がさかんにうなずき、嬉しそうでもある。

「何をやっているんだ」

イサムはだんだん事態を呑み込んだらしく、不安をあからさまにした。

卓上にウリコの寝巻きがきれいに畳んで置いてあった。それを母が無造作に手で押しやって落として、二度と顧みなかった。ウリコは口をあんぐり開けて唸った。

「わたしたち……追い出される」

「あいつは、不動産屋だ。家を売ったんだ。畜生、なんてことだ」

制しながらも身を乗り出した。

「親たちは四人でどこかへ行くつもりなのよ。前から言っていたわ。リゾートホテルみたいな高級老人ホーム、……ほら、お舅《とう》さまの膝のとこにある、パンフレット」

「四人で始末したんだ。きれいさっぱり、四人で分け合って、……どうなる、ぼくたち」

「言ってたわよ、宿無しって」

「宿無し？　このぼくが」

怒りのために痙攣してウリコを睨んだ。

「わたしだって被害者よ」

「いいや、ことの起こりはここにある。軽薄だったんだ、主婦として」

「いまさら何よ。夫婦げんかしている場合じゃないでしょ」

「あの不動産屋は前々からうちを狙ってたんだ。もう遅い。ああ、みな共犯か。信用してたのが間違いだった。おやじ、せめてゴルフの会員権くらい、ぼくの名義にしてくれても良さそうなものじゃないか」

二人は湿った体を寄せ合い、黙り込んだ。今さらじたばたしても好転しそうにはない。抱き寄せて、イサムが言った。

「ホテルにでも行こうか。久しぶりに」

「そうね。でもあしたの朝、わたしたちがいなくても心配しないかしら」

「するもんか。親が心配するところを見たことがあるかい」

「ないわ」

支度をして夜の街に出ることにした。思えば、結婚前にも夜遊びをし尽くしたが、親はいつも平然としていた。初めからおかしかったのだ。時々ディナー券をくれて「二人で良い気分になってらっしゃい。泊まってきてもいいのよ。仲良しね」などと言って追い立てる。そういうのはおかしいと気づくべきだったのである。彼らは力を蓄え続け、きっちりせき止めていた。

「わたしのこと、好き?」

聞こえないのか、暗い顔をして歩いている。

「丘の上に行かない?」

繁華街と反対の方角である。

「杉の木があるの。あそこから街が見えて素敵なのよ」

この思いつきを良い解決策のように直感した。晴れた瞳で夜空を仰いだ。イサムが苦笑して呟いた。

「どうということはないけれど。失業したわけではなし。たいして変わるわけではない。ウリコ、いつも元気でいいな。悩みがないのかい」

ウリコはアマノの愛人そっくりの笑い方をした。樹皮の感触が肌に蘇る。イサムの手を引っ張ってどんどん丘を登った。

杉の木の辺りには、新しい風が渡っているはずだった。


(民話「瓜子姫と天邪鬼」より)

浦島

I

この箱を決して開けてはいけないと言い置いて、出て行ったまま、たつ子は姿を見せなくなった。

太郎は、ちょうど掌にのるくらいの中高《なかだか》の箱を抽斗《ひきだし》の中に確かめては、ため息をついた。

たつ子との出会いは、今思うと、仕組まれた劇中劇のようなものだった。

冬の夜のこと、帰宅途中だった太郎は、駅裏の路地で、男と揉み合っている若い女を見つけた。思わず、助け船を出した。この通りには、日頃から〈痴漢に注意しましょう〉という看板が立てられている。咄嗟の正義感から、酔っ払いを突き飛ばし、女の腕を引っ張って、明るい通りに導いた。痴漢はかなり泥酔していて、先ほどから、いやがる女につきまとっていたのである。

溺れかかった人間を浅瀬に引き上げたような切羽詰まった緊張から醒めてみると、そこに、横を向いてぼんやり立っている女がいた。元の道に帰りたそうに身を揺らしている。コートのポケットに両手を突っ込んで無言である。太郎は、勝手が違う違和感から、しかたなく言った。

「あの辺は、一人歩きは危ないから」

女は風に弄ばれるように体を一回転させると、脇にすり寄ってきた。上気した桃色の頬が、間近にあった。

「知り合いだったの。ま、いいや。ちょうど良かったの。どうも、ありがとう」

太郎は声を上げて恐縮した。どうやら、ただの痴話げんかだったらしい。とんだおせっかいをしてしまったのだ。

「ボーイフレンドだったの」と尋ねると、「いいの。いやだったの」と言いながら、ぴたりと体を寄せて歩き出そうとする。不必要な責任感に捕らわれ、女を残して去る勇気を失った。

二人は、会話の行き場がないので、繁華街の照明の下に出て、歩いた。

不本意な出会いだった。太郎は、あの乱れた酔っ払いが、たつ子の何だったのかを、気に病んだ。本物の痴漢だったらどんなに良かっただろう。たつ子が男のことを口にしないのは、太郎への気遣いからではなく、薄情な性質からではないかと、疑った。乗り換えの鮮やかさには、こちらが口を挟む余地もなかった。

翌日の夜には、お礼と称する寿司折りを提げて、太郎のアパートの戸口に待っていたのだ。

言いたがらない人間に告白を強要することはできない。太郎は、器量の大きい男ぶりを発揮することにした。それが臆病と紙一重であることは知りたくない。

たつ子は、しばしば謎めいた言動を好んだ。「今にわかるわ」とか、「いつか」という言葉を会話の途中に挟んで、澄ましている。こちらの表情の変化を眺めて、楽しそうに話題を進めてしまう。

「ちょっと、野暮用で」と言って連絡を絶つこともあるし、「なんとなく」外から電話してきて、二、三言で切ってしまうこともある。

しかし、せいぜい鷹揚に構えて、規則的な生活を守っていれば、必ずやって来て、何食わぬ顔で台所に立っている。

太郎は、男友達に対するように距離を置いて、疑問を投げかける。

「仕事?」

「そうなの。ごめんなさい」

たつ子はからりと絶妙なタイミングで、簡単に言い訳をする。太郎は、目の前に座っている女をくどくどとなじる気にはなれなかった。二人の間には、鍋物が旨そうにことことと煮えているではないか。

人目を引くほどの美貌ではないが、ふとした拍子に、太郎の視線を釘付けにする。光の加減とあごの角度が微妙に一致すると、別人のように美しく精彩を放った。太郎の凝視を意識すると、少しの間、じっとしている。男の中では、不信やわだかまりがみるみる溶けて、甘い熱情の塊がこみ上げてくる。女は勝利感を口端に浮かべて、一方的に打ち切った。何にしてもそうだが、特に男女間では、先に切り上げることのできる側に主導権がある。

太郎は油脂メーカーに就職して、四年になる。一人暮らしの侘しさが身にしみていた頃だったので、女の訪問は神様の贈り物のようにありがたく、待たれた。週末には必ず、時には、一日おきに、たつ子は訪れた。

自分のこととなると途端に重くなる口から、それでも、知人の画廊の店番のようなアルバイトをしているらしいことは聞き出せた。美術品に囲まれて、受付に座っているたつ子。太郎は、仕事のイメージに満足した。

料理の手際が良かった。明るい笑い声を惜しげもなく、部屋の隅々にまで振りまいた。家具や壁や鉢植えも、生き返る。

女の体が、どうして暗がりの中で、こんなにも輝くのか、内部にあるはずの光源を探し求めて、太郎は我を忘れた。乾いた喉に必要なのは水であって、理屈ではない。胸に抱く女の年齢も定かではないが、魅せられるのだからかまわない。料理の腕にさえ抱いたいかがわしい疑念を追い払いながら、いつまでも続いて欲しいと願っていた。

ある夜、たつ子は、紺色のビロードに金糸の縁飾りのある小箱を、タンスの抽斗にしまいながら、背中で言った。

「これ、預かっていて。開けないで欲しいのよ、絶対。ね、お願いね」

その抽斗は、唯一の鍵付きで、太郎の貴重品のしまい場所である。通帳や保険証、領収証や某《なにがし》の記念品などを入れてあるが、一度も鍵をかけたことはない。鍵は紛失していて無いのだが、鍵穴に敬意を払って、貴重品専用の抽斗になっている。

「何なの」

「うん、ちょっと。大事にしているので、なくさないように、ここに、入れさせて。開けたら、めっ、よ。あなたから見ればくだらないものだけど」

太郎は、だいぶ慣れたはずのこの種の戸惑いを、あくびで隠した。

「いいよ。わかった。でも、泥棒から守れるかどうか。鍵はかからないんだから」

たつ子は、子どもが木登りをするような手つきで太郎の体にのしかかってきた。

甘えた口調で、得意の話題転換をやってのけた。

「泥棒が入ったらどうするのよ。印鑑と通帳をひとつところに入れといちゃ、だめよ。まったく、無防備な人なんだから」

その週末、たつ子は来なかった。

次の週も、たつ子は、何の連絡もなく、訪れなかった。

太郎は、幾度となく受話器を正しい位置に直して、嘆息した。電話機のせいではないとわかると、にわかに苛立ちが高じて、悪い想像をめぐらし始めた。

掃除をしない天井から埃がぶら下がっている。カーテンが煤けて貧相だった。不信と疑惑が縦横に編まれ、部屋中にクモの巣が張ったようになった。

いつかの出会いの場面がちらついた。あの鮮やかさ。くるりと一回転した軽さ。

缶ビールをあおっていた太郎は、弾け起きて、抽斗を引き抜いた。顔を突っ込んで探した。通帳と印鑑は、あたかも非難したそうな姿で、定位置にあった。ほっとすると同時に、恥ずかしくなった。たつ子はそんな女ではない。

連絡が絶たれたのは、おそらくたつ子の意志ではあるまい。不測の事故でも起きたのではないだろうか。救いを求める女の声が、遠くから響いてくる。だいたい、大切にしていた持ち物、例の箱を預けたまま、このような形で太郎を捨てるということはあり得ない。心配になってくる。じっとしていられない。

電話局に、アルバイト先の画廊の番号を問い合わせる。今さらながら、受け身の交際をしていたことを思い知らされた。住所も知らないのだ。女の生活にこちらから手出しできない構造になっている。ただ、画廊の屋号だけはわかっていた。

「竜宮」

そう口にした時、たつ子の顔にちらりと、しまったという表情が走った。自分のことをあからさまにしないという方針に反した悔恨が見て取れた。だから、この名称には信憑性がある。

だが、交換手は、淡々と「ございません」と繰り返した。食い下がると、しぶしぶ、別方面から調べてくれた。

最後に、交換手が結論を下した。

「キャバレーにありました。その名称でのご登録は、こちらだけになっております」

場所は、駅裏の歓楽街だった。

太郎は、包帯を解く日の来た怪我人の心境で、醒めた目で事態を見守る。痛みと恐れと期待と治りたくない甘え。勇気を奮って、ダイヤルする。「その番号は、現在、使われておりません」という無機的な繰り返し。通行止めの標識にぶつかって、内心、ほっとしている。包帯を解いたばかりの足には、その先の道は険しいと思われたから。


月日を経るにつれて、たつ子との日々は現実味を失っていった。元の一人暮しの生活感が蘇ってきた。双六《すごろく》に負けてスタートに戻っただけかもしれなかった。あらゆる生物に生命力を与えてくれる春の盛りである。街行く女性がことごとく美しく、眩しい。おかげで、ひどい悲観論者にならずに済んだ。

カレンダーを繰ってみて、思わず独り言を漏らした。たったの……数えてみると、わずか三ヶ月の出来事である。それが三年にも思われた。恋愛は時計を狂わせる。痴漢から救ったつもりで、実はカップルに割り込んだだけ。女は酔っ払い男と仲直りして、あちらはあちらで日常生活を回復した。……腹も立てたが、考えようによっては、あっぱれな幕切れだった。たつ子は、与えこそすれ、奪わなかった。交際期間中、太郎の暮らしを潤わせてくれる一方で、何一つ要求しなかった。失恋したからといって、恨むのは筋違いではないか。彼女もよくよくのことだったのだろう。

太郎は、聖人のように難解な顔で腕組みして思った。たつ子がどこかで幸せであるように。

半年後、新しい恋をした。

取引先の商店の事務員で、とめ子という、身持ちの堅そうな女である。一目で感じるものがあった。太郎の前に出ると、紺サージの事務服の中で、小鳥のような細い体が羽ばたきしそうになっている。誰だったかとおもったら、幼馴染みの初恋の少女にどこか似ていた。

太郎は、自分の方が数段おとなの余裕があるのが快く、積極的に振る舞った。

長い間潜んでいた劣等感が、強力洗剤を吹き付けられたように、根こそぎ払拭されていく。必要とし合っている。……洗われる思いとは、文字通り、こういうことだった。広い住居に引っ越したくなった。

純潔なのが取り柄であるから、とめ子はめったに太郎の部屋を訪れようとしない。奥手なのかと思ったが、そうでもなくて、丸い目をぱちぱちさせて太郎を諭したりもする。結婚という垣根を越えないかぎり、どこもかしこも緩みのないように締めつけているつもりらしい。あまり長い間そうしていると、疲れるだろう。

太郎は急いだ。誰もが通る結婚という社会的事業への項目を、一つずつ堅実にこなしていった。もともと型破りなことは好まない。年相応の挨拶を上手くできるようになった。会社では、結婚を祝福するかのように、異例の昇進をした。

いよいよ、引っ越しの日が近づいた。あらためて見回してみると、いかにも粗末な部屋である。寝ても覚めても、太郎の心の中には新しい暮らしが過剰な日だまりの中に浮かんでいる。だからなおさら、薄暗く煤けて見えた。傷んだ調度品は惜しげもなく捨てた。どこにこれほどの気前の良さが隠れていたのか。こつこつと金を蓄えるよりも、遣う方がよほど楽しいということを知った。自戒していないと、人に指さされるほど、幸福感が頬を緩めて、少々だらしなくも見えた。道をあるいていても、口笛を吹きたくなる。

一番の楽しさは、一人の女性が自分を信頼しきっているという点である。持ち前の責任感が、今では紅白の水引を掛けられて、威張っている。

たつ子の事が、残像のように浮かぶこともある。しかし瞬きをすればすぐに消えてしまう。出会いの場面に、やはりこだわっていたのだと思う。冷静に思い起こすと、あれは恋と呼べるのだろうか。自分らしくなかった。他人の恋を模倣していたのだ。たつ子によって、別の男に生まれ変われるような喜びは味わったが、所詮、幻である。二人が本当に愛し合っていたのかも、疑わしくなる。こんな考えに陥るのは、とめ子の純潔さに感化されたためだろう。

抽斗の奥に、小箱が出てきた。覚えがないものではないが、遠ざけていた。人の預かり物を勝手に処分した経験はないので、どうしたらいいか、迷った。内容をあらためて、警察に届けようかしらん。警察に届けるという案は頼もしい。現在の太郎ほど公明正大な存在はないのだから。

「絶対、開けないで」

その声が、首にからむ腕の柔らかさと共に蘇った。ひるんだ。

ふと、民話の〈鶴の恩返し〉を思い出した。女との約束を破って墓穴を掘るダメ亭主の話。見るなと言われるほど見たくなる男の愚かさ。

太郎は、言いきかせるように、蓋に手をかけた。鶴は禁を犯した男に失望して飛び去るが、たつ子はすでに去った後なのだから、事情が違う。俺の守るべき女はとめ子なのだ。俺を捨てた女との約束は、時効だ。

こうした御伽噺めいた葛藤に巻き込まれるのも、気後れのせいである。

ついに、太郎は封を切り、蓋を開けた。


その後、まもなくして、太郎はアパートを引き払った。翌月、会社を辞めた。とめ子の両親からは交際を禁じられ、結婚は破談になった。

小さな下宿に移り住んだが、そこも大家に追い出された。

太郎を見かけたという人もいたが、消息はわからない。なんでも、変わり果てた白髪のぼうぼう頭で、足を引きずって歩いていたらしい。浮浪者になって転々としているうちに、本当に老いて、太郎は自分の名前も思い出せなくなった。

あの日、開けた箱の中には、一枚の紙切れが入っていた。それは、太郎の名義で作成された借用証書であった。馴染みのない金額が麗々しく、実印の横に記されていた。あまりゼロが多いので桁がわからず、数える指が震えた。しかし、抜かりなく漢字でも書かれていたので、法外な金額を読むことができた。年収の三倍以上だった。こうしているうちにも利息が増え続けている。突然躍り出たお化けが、呼吸器官を塞ぐ。苦痛にのけぞった。恐ろしい悲鳴を上げていた。

このような理不尽には、なす術を知らなかった。思い悩む間もなく、金融業者がドアを叩いた。全財産をはたいて、第一回の返済をした。二回目からの算段はない。悪夢なら早く醒めてほしい。相談する者もおらず、酒に溺れた。

新聞の尋ね人欄に、たつ子の連絡を請おうと思いついたが、本人が名のり出るわけがない。写真がなく、本名かどうかも疑わしいのでは、情報を集める手立てもなかった。

どぶに片足を突っ込んで倒れているところを、保護された。警察で、泣きながら訴えた。警察は、完全無欠の借用証の前では無力だった。また、被害者の言い分を鵜呑みにしてくれるわけでもない。ただ、裁判所で破産宣告を受けて、生活保護で生きていく道があることを教わった。借金から法的に逃れるには、この方法しかない。決心して頭を下げた。

しかし、国の法律や福祉はまことに粗い目の網で、いかにも守ってくれるようでいて、実際は、太郎を吹きさらしの中に置いたままだった。悪質な金融業者の嫌がらせは、飢えた野獣のように執拗だった。会社のみならず、遠方の親戚にまで及んだのである。不治の病を運ぶウイルスのように、人に疎まれた。何もかも失い、まだ生きているのが、自分でも不思議だった。

太郎はうつろな頭で考えていた。

返済期日は、ちょうど箱を開けた月の末日だった。もちろん偶然に違いないが、奇妙な符合にひっかかった。いったい箱を開けなかったらどうなのだろう。もしも、あのまま約束通り開封しないでいたら、そうしたら、こんな恐ろしい現実に直面せずに済んだのではないか。

髭に埋もれた口をもぐもぐさせて、考えた。まさか。こちらが見ようが見まいが、太郎の詳しい個人情報を握っている業者は、督促に来るに決まっている。どっちみちその時に、災難を知らされているのだ。箱を開けたこととの因果関係はない。ばかげている。

しかし、……太郎は過酷な運命に抵抗するために、弱々しく神秘主義を振りかざした。たつ子との約束を、どうあっても守るべきだった。開けないでと頼まれたものを、開けるべきではなかった。開《ひら》いた瞬間、罰が、借金という形でそこに生じたのだ。死ぬまで蓋をしっかり閉めていれば、不幸が漏れ出る心配もなかった。ちがうか。俺が悪かったのだ。

太郎は自分の名前すら、満足に書けなくなった。記憶を間引くことによって狂気から免れたのか、狂気ゆえに記憶に見放されたのかは、わからない。

すべて曖昧模糊となった脳のなかに、鮮烈な感情を呼ぶ確信が一つだけ残った。

彼は時々、それを口にした。——あの箱を開けないでいたら、よかったんだがねえ。俺は、約束を破っちまって、罰をうけたんだよ。

Ⅱ

その人のことだ。

R駅で降りていった後ろ姿が思い出される。操作を誤ったビデオ画像みたいに、電車の扉の額縁の中に反復している。

やせた長身で、夫と同年の三十半ばにしては弱々しい背中だった。生活臭のする贅肉はどこにもなかった。長めの髪が豊かで、耳を半分被っていた。通りすぎた顔の、笑いの形に半分開いた口が、前後の脈絡を求めて、わたしの記憶の中で、パクパクしている。あの人は笑ったのか。それとも、駅に降り立とうとする意志が内側から溢れ出て、そんな表情になっただけなのか、わからない。

が、まさにその時、夫が「あっ」と小さく声を上げたのだった。呆気なくドアが閉まり、電車が動き出した。夫はホームに首を巡らすようにして、不思議そうに溜め息をついた。

わたしがその人を見たのは、夫の驚きにつられて顔を上げた瞬間だけだったので、物語の主人公の像に重ねるには、あまりにも頼りないものである。

「浦島という名でね」

その夜、おおよそのことを夫は話してくれた。

子どもの頃は近所に住んでいて、中学校までのクラスメイトだったこと。高校以降は疎遠になったが、知人や親たちの関わりから、消息が伝えられていたこと。……多くの借金を抱えるようになってからは、杜撰《ずさん》な貸借関係のために友人が失われ、遠ざかっていったということ。

浦島さんのほうも古い幼馴染みの顔を見分けただろうか。微笑したように見えたが、……。夫は「さあ」と遠い目をする。

「気がつかなかっただろうな。ぼくも変わったし」

R駅と彼を結びつけるヒントは何もない。

わたしは「よくは知らない」と言う夫の重い口から聞いた浦島さんのことを考

えた。同じ電車から降りて行ったあの人が、自分自身の関わってきた身近な人々のうちの一人のように思われて。背中に誘われる。吸い込むような暗い力があった。

小学校で、浦島は一番背が高かった。色白で手足が長く、卒業式の後のクラスの謝恩会で、ピアノを弾いた。若い女教師は、ピアノに向かう教え子の背中を、リズムをとって軽く叩き続けた。まれに見るピアノ向きの指と賞賛された手には、既におとなの男の節が仄《ほの》かに浮き出している。彼は、背中に触られることを拒んで、わざと大きく身をよじった。女教師は顔を真っ赤にして歪め、他の児童におかしくもないのに笑いかけた。浦島は、学習塾を止めた同じ頃に、ピアノも止めた。

中学では、おとなしく目立たなかった。進学競争の外側で、悠々と窓の外を眺めていた。指名されると、びっくりして背を伸ばし、周囲の生徒に助けを求めた。誰かがかなり大きい声で教える。「あ、そうか」早くその通りに答えてしまえば済むのに、黙っていた。しばらくしてから、「わかりません」と言う。教師は苦笑して「正解だ」と他の生徒に向かって言った。

二年の時、泣いた。当番を忘れてグループに迷惑をかけた罰に、丸刈りを強制された。約束だから仕方のないことだった。女子には「すぐ伸びるから」と口々に慰められたが、涙を浮かべた。係の教師がバリカンで刈った。さっぱりと丸刈り頭になった浦島は、バスに乗らず、赤い目のロボットのようにずんずん歩いて帰った。

高校は、私立のなんとか学園に通った。電車で四十分もかけて通学した。制服は英国風のブレザーで、浦島によく似合った。お洒落な生徒が多く、通学鞄はぺちゃんこだった。スニーカーの多い他校生徒の群れに混じると、なんとか学園の生徒の革靴は光っている。

大学には進まず、大手の油脂メーカーに就職した。浦島らしい。進学しなかったことがか、歯磨きや洗剤のイメージがか。いずれにしても彼らしかった。

営業マンである。真面目に働き、慎ましい生活を送った。頑なまでに、規則正しく帰宅し、読書を好んだ。かつて背中を叩いた女教師の掌を全身で拒絶した潔癖さは、生来のものだろう。

友人の多くが大学を卒業する頃、独身寮を急に出た。駅から遠いアパートに、一人暮らしを始めた。不便になったが、自由になった。

急におとなびた。彼は、恋をしていた。

……

……

「ねえ、それで、どうなったの」

わたしは、寝息をたてている夫の肩を、壁からはがすように引っくり返して、耳元に言った。

「それで、いつ、大々的に蘇るのよ」

「知らない。わかるわけないだろ」

暗闇の中、夫は二の腕をわたしの顔にかぶせて、眠りをむさぼろうとする。沖合からやって来た高波のような腕をうまく潜り抜けて、揺すった。

「その人が、パンパカパーンって、蘇るシーンよ。気にならないの？　友だちでしょう、浦島太郎さん」

「きみが考えることじゃないよ。友だちでもないし、関係ない」

「この薄情者が」

わたしは正座をして、深呼吸をした。三丁目の犬の遠吠えが闇に響く。

脅かすつもりで、低い声色を使って言った。

「あなた、聞いてちょうだい。あたし、黙ってましたけど、……きょう白状するわ。大事なことよ」

寝息が止まった。

台所のほうから洩れ込む月明かりに効果を狙って、芝居がかった口調で続けた。

「実は、うちにも、あの箱があるの。例の玉手箱が、うちにあるの。そこに」

押し入れを指さした。自分の行為に戦慄した。指さした場所には、がらくたに混じって確かに、不明の箱がある。紺色のビロードに金糸の飾り……。

その時、背中に人の手が触れたようで、ぞっとした。部屋がぐらりと揺れた。

わたしは、息を止めたままの夫の体の下に、頭から飛び込んで、ぎゅっと目をつぶった。

（民話「浦島太郎」より）

あじさい

甲　これは、主人公は三十二歳の男、拓朗で、妻、道代、二十八歳。結婚二年目で、仲が良い。拓朗が、所用で、自分の郷里に帰るところから、始まります。七十五枚です。

拓朗夫婦は大都市に二人暮らし、地方の郷里には、父と継母と五つ違いの妹の陽子が暮らしている。実母は、主人公が中学一年の頃に亡くなってまして、後添えが来たわけなんですが、まあ、表面上は問題なく過ぎました。ここでおもしろいのは、上の男の子が継母を内心憎んでいて、妹のほうは非常にうまくいってましてね、実の親子以上の密着ぶりで、継母の悪口をたまに兄が言ったりすると、激しく反ばくする。継母寄りなんです。なぜそうなってるか、とか、そういう妹に戸惑いを見せる兄の心情など、淡々と描いています。

乙　結局、何が言いたいんですかね。

甲　物語は、主人公が駅の改札口を入るところから始まって、同じ改札口に帰ってくるところで終わっています。妻が変わらぬ笑顔で送り、また迎えてくれている。主人公としては苦い帰郷となったのですが、それが妻との暮らしをもっと自由に沖に漕ぎ出すきっかけにもなって、どこかせいせいしている。彼は三十過ぎても、家の人々へのこだわりと郷愁を残していましたから、都会で結婚していても、もやった小舟に乗っているような不自由さを感じていたんです。もやいがほどかれた。

丙　道代は司法修習生で、普通の主婦ではありませんね、という言い方はまずいかな（笑）。始めから職業を持つことをめざしていて、今は夫に頼って勉強を続けているが、いずれひとり立ちできる人だし、夫の方はそんな女と暮らすことで、大いに精神的に支えられている。

乙　そうですか。僕は、道代の役割は、妹を際だたせるだけだと思いましたがね。

妹が兄を敵視するようになったのは、自分を捨てて道代と暮らすようになったからでしょう。継母のもとで、同志的兄妹だったのが、バランスが崩れて、それで妹は腹いせのように兄から離れ、継母と密着し、父をも独占し、家からも土地からも兄を疎外することで、復讐したんじゃないですか。

丙　うーん、確かに二人の女性は対立関係にあるようですが、単純に図式化していいか、どうか。このきょうだいは、生まれつき異なった性質で、母の死やどちらかの結婚とかの事象があるなしにかかわらず、いずれこのように冷淡な結果になったと思う。価値観も感受性も全く違いますからね。

甲　そもそも拓朗の帰郷は、妹の結婚問題があったからです。継母の持ってきた市会議員の甥という男との縁談は、父にとっても好都合で、継母の地位はますます確固とし、妹は「人が違ったように」「荒んだ様子で」これは拓朗が感じただけですが、次の市議となるべく、婚約者のために運動をしたりしている。何年かぶりで見る家庭の風景は、拓朗など初めから存在しなかったごとく、活気を呈していて、非常に居心地は悪いし、誰も彼の意見を聞かないし。

乙　三日で切り上げるはずだ。

丙　子どもの頃のエピソードがあるでしょう。拓朗が高校進学の際、志望校を迷って父親に相談すると、「お母さんに相談しなさい」と言われる。父親としてはなんとか家族四人仲良くやっていきたい一心で、教育には逃げ腰ですね。他意はない。女の子には甘いばかりで。また、拓朗はカレンダーに生母の命日や誕生日の印をつけたことがある。妹が継母の腕に抱きついて、甘えながら、兄の行為をからかうシーン。あれなんか、どうも……妹なりの生活の知恵なんだろうが、どんな環境になろうとも有利に生きていきたいという。作者は、妹の心理を公平に説明していますが、それにひきかえ、主人公はどんどん疎外されていく。なぜだろう、理由は書いていない。ちょっと歯がゆいですね。この家では長男で一人きりの男の子でしょう。

丁　陽子は愛されることしか知らない女性で、読んでて哀しくなりました。ちょっぴり羨ましくもあるけど。こういう人、いますよ。被害意識が発達していて、必ず報復するんです。同じことを相手に思い知らせてやらないと気が済まないタイプ。普通は、痛みを知る事によって他人への思いやりが増すものだけど、この人、攻撃的ですね。

家族の悪口を並べてるみたいだけど、読後感が悪くないのは、作者が一人一人を救済しようと目配りしているから。精密な天秤で量るように、人物に公平なふくらみを与えています。どの人物も、将来は悪くならないという感じがします。

丙　チェホフだったかな、「小説家は裁判官ではない。公正な証人でなくてはならない」と言っていますね。「評価を下すのは、陪審員、すなわち読者である」小説は被告席ではないからね。

乙　それにしても、腹が立つより不思議なのは、継母に食事の前に改めて言われてますね。陽子のだんなの選挙対策に金がかかるということ。釘を刺されている。主人公は将来、財産を当てにできない雲行き。まるで男性版シンデレラだ。こういうの、あり、ですか（笑）。

甲　いや、家庭のごたごたの表面をなぞるだけでは、見えてきません。この小説は、道具立てが賑やかなので、損をしています。僕は、最も印象に残ったシーン、タクシー乗り場での、赤いコートの女……

丁　はい、そのこと、私も言いたかったんです。大事な場面ですから。どうぞ。

甲　ちょっと読みましょうか。主人公が偶然目撃した陽子の姿が出てきます。駅前のタクシー乗り場、なかなか来なくていらいらさせられる、あれ。みんな、ひたすら車が来るのを待って並んでいる。そこへ――

「夜目にも鮮やかな赤いコートに身を包んだ若い女が、軽い足取りで来て、乗り場の標識のそばに佇んだ。妙なことに、拓朗は改札口の柵に両手を揃えて出していた道代の顔を思い出した。ある瞬間に泣きそうに歪める道代の笑顔を、赤いコートの背中に見ていた。この女性は、誰かが迎えに来てくれるのを待っているらしかった。背中に弾んだ気分が漂っている。一方、長い待ち時間に疲れ果てたような人々は、押し黙ってかすかに足踏みをしている。

やっと一台の空車がやって来た。しゃがみこんでいた先頭の婦人が夫らしい男に微笑を向けて、荷物をまとめた。車が滑り込んだ。その時、赤いコートの女が、ひらりと道に躍り出た。ドアが開く。両手に荷物を提げた婦人が急いで歩み寄ったが、女は逆に咎めるように『あら』と叫ぶと、軽々と乗り込んでしまった。思いがけない事態に驚いて何か言おうとするのを、連れの男が制した。婦人は、もう一度荷物を下ろすしかなかった。そして、またもとのように何事もない行列が残った。列の後方の人々には、何があったかわからなかっただろう。誰一人、そのことについてものを言わなかった。

拓朗は、別の場所から一部始終を見て悟った。巧みに割り込んだ女の横顔が、車の窓越しに見えた。『陽子』拓朗はショックを受けて、テールランプを呆然と見送っていた。目前で不正を行った女は、自分の妹だったのである」

丁　あとで、拓朗は自分を責めてるんです。陽子の不正は、後ろ姿を見て妹だとわからなかったくらい遠ざかっていた自分への罰として、そこで行われたのではないかと。このシーンにショックを受けることによって、物語が始まったといってもいいんじゃないでしょうか。それで、シーンが浮き上がり、全体を覆うほどにふくらんで、ついには、あれは現実ではない、あれだけが夢だったのだと言いたげな処理をしています。

乙　そうかなあ。どこで……。

今、気づいたんだけど、妹のモラルの低さ、人間として、どんどん堕落していくんじゃないかという恐れは、拓朗の女房が弁護士になることと、両極にありますね。

丙　そう。対比のありかたとして、妹がいわゆる道を外す、転落する、犯罪に近づく、というのではなく、政治家の女房になるという設定が、おもしろいですね。つまり、政治に足を踏み入れるということは、堕落なんだ、この場合（笑）。

乙　ソープ嬢や泥棒になるよりも、リアリティがある。だいたい、小説には娼婦が多すぎるよ。男の作家が多い弊害ですかね。この作者は女性ですね。

甲　はい。それで男の拓朗はすぐ反省するので、歯がゆくてしかたがない（笑）。

丁　私がまず引っかかったのは、「夜目にも赤い」という表現です。真っ赤なコートは、夜、赤くは見えません。目立たないんです、意外に。白っぽいもののほうが、夜は映える。昼間なら、赤いコートはさぞけばけばしいでしょうね。深夜のタクシー乗り場で悪趣味なコートを着ている陽子は、混乱したイメージがあって、やはり幻想かと思ったんです。

丙　なるほど。そういえば、トーンが違いますね。題名は〈あじさい〉ですが、どうですか。今の、幻想というところから、題名に言及するとしたら。僕は嫌いじゃありませんが、アジサイの花のもつイメージ――色は移ろいやすく、香りはなく、実をつけず、外面ばかり華美で、空虚な花。環境を選ばない強さがある。というと、かわいくないなあ。花言葉は〈薄情〉で、贈り物には適さないそうですから、甲さん、ご注意を（笑）。

丁　紫陽花と書きますね。陽子の陽の字は意識的に採っているのでしょう。それだけではないと思います。アジサイの花は、家意識、血縁関係の象徴のようなものではないかしら。作者のねらいがある。小さな個が寄り集まっている大輪に見える花。まとまりの良い美しい形ですが、虚しい関係かもしれない。〈あじさい〉は、陽子の存在を軸に、家、血縁という人間にとってどうしようもない、逃れられない繋がりを描いたのだと思います。

甲　そうですね。

乙　となると、僕には少々物足りない。使い古されたモチーフで。

丁　こういうテーマは繰り返されて当然じゃないですか。人間は変わらないもの。

乙　しゃれた様式で目新しい材料を使った建造物であるとは思います。住み心地はどうかというと、僕は安住できない。機能的でないから。いじりすぎて、細部に凝っていて、ロココのようにね、飽き飽きしてくる。上手、きれい、それだけで、すぐに忘れられる。

最近の、どの作品にも多かれ少なかれ言えることですが、今日の対象作品、全部、忍耐と寛容と、人並み以上の想像力を、読者に要求するんですよ（笑）。

甲　乙さんはドストエフスキーみたいなのが頭にあるから、どれもおもしろくないんですよ。僕は、この作者のものは二作目ですが、ある方向を目指しているらしいことはわかった。方向を知らせるって事は、それだけでたいへんです。三作目は、もっとはっきりした形になる予感がある。

乙　僕は、慈善家じゃないから。読んで、おもしろいか、おもしろくないか、それだけで十分だと思う。

丁　メカニズムを楽しめると思うんです。

乙　は？

丁　小説家だって、慈善事業やってるんではないから、不親切な作品もあるのでは。

丙　ところで、拓朗のような青年は、少数派のようですが、共感を呼びますか。こういう人がいるか、あるいは、読む人の内部にいるか、というと。

甲　いるんじゃないですか。たとえば、ものを書こうってやつなら。

乙　それがおかしい。ものを書こうともしないやつの中にもいなきゃ、だめなんだ。

丁　うーん、乙さんのおっしゃりたいことはわかるんだけど。ディテールへの共感もありません？　一カ所でも。

乙　技巧的な小説ですから、何カ所か成功していて、うならされますよ。しかし、一カ所でも感心すれば可とするか、一カ所でも難があれば不可とするのか、僕は後者なんです。これが、新しい日本の文学作品なのかと思うと、不満です。

たとえば、細かいことを言えば、〇〇ページ、「拓朗は柱の傷を指でなぞった。不意に、人差し指の先にちくりと痛みが走った。『いた！』傍らの陽子を見やると、表情ひとつ変えずに、夕刊紙を広げている。拓朗は取り繕うように、快活に言った、『陽子はいつから泣き虫でなくなったんだい』」

ここなんか、子どもの頃の背比べの柱の傷をなぞっているんです。童謡にもある。安易じゃないかな。過剰なセンチメンタリズム。見たように嘘を書く、筆に慣れた人の失敗例です。これに類したペンのスリップ事故が、所々にある。

甲　厳しいですね。婚約について、拓朗はひと言も相談を受けず、改めて兄貴に報告して承諾を乞うという段取りもなかった。それで、ややこだわりもあって、相手の男について、陽子に質問する。陽子は冷ややかで、「兄さんのあの人」、道代のことですが、「あの人ほど立派ではございません」と言ってみたり、無邪気を装って「うちの顧問弁護士になってもらおう」と婚約者と笑い合って、兄に当てつけている。そのあとですね、柱の傷は。

丙　かなりシビアな目で家庭内のやりとりを見ていますね。普通なら、やり過ごすことでも、いちいち引っかかっている。理想のサンプルをいつも傍らに置いて検討しているようなところがあるので、他方からすれば、いやな存在ですよ。拓朗にはもっと鈍感であってほしいと思うんじゃないですか、俗人からすると。

乙　うん。その点、市議志望の男は、親分肌の単純男ですよ。陽子の家の財産を選挙に使い果たしても、おそらく平然としていられるだろう。拓朗を兄さん、兄さんと持ち上げておいて、図々しく決めるところは決める。あれ、だんだんいい男に見えてきたな（笑）。

丁　本当は、みんな愛し合っていたいんですよ。作者は、拓朗というキャラクターを派遣して、愛情のある関係を必死で求めている感じがします。家族はきれいごとではないのは現実です。人間関係の原型が露出しているでしょう。失望するたびに、もう一度試みてみたいという悲痛な願いがあるの。

甲　継母は、ついに天下を取ったみたいなもんで、我が世の春だけど、不思議に、作者の眼は温かいですね。立場上、やむを得ず走り出した哀しさが、ちゃんと出ている。あいかわらず拓朗とは相容れないのだけど、さりげなく道代に珊瑚のブローチを言付けるでしょう。あれっと思った。陽子には地味だからって、こっそり。あれは、生母の形見みたいなものだったでしょう。祖母の帯留めをブローチに作り直して大切にしていたという曰《いわ》く付きです。遺産の相続放棄を要求する一方で、おかしいけど、案外これは、心情的に和解したのかも。妹とは決別、修復不可能。過去と現在、どっちが不幸かというと、現在なんだけど。血縁への信仰は失われ、拓朗の舟はもやいが解けて、動き出せるんですよ。

深読みかもしれないけど、継母は拓朗を好いているのではないかな、異性としてて。男女の感情の葛藤が反動を生んだともとれる。

丁　継母と道代はどこか繫がってませんか。似ている。私、途中で同じような顔に見えてきて。

甲　あ、そうか。それで。

丙　乱暴に分類すると、家庭小説の一種とお考えですか。

甲　ではないでしょう。

乙　社会性も希薄だ。中途半端です。個人の事情にナレーションを入れている。

丙　心理小説というには、ごちゃごちゃした日常の写実とセリフが多すぎるようだ。といって、リアリズムではない。
丁　ファンタジー？
甲　いっそ、その線で、押し通せばよかった。思いきって。
丁　タクシー乗り場の赤いコートの女を通底音として、現実の帰郷による心の帰郷、空間の移動による時間の移動。
甲　そうすれば、改札口で見送ってくれた道代と、再び改札口で会う意味が深くなる。
丁　そこで、夢から醒めたように、都会の暮らしが再開するわけです。
丙　アジサイの花の意味するところもいっそう鮮明になる。アジサイはしたたかに群生しますから、来年も梅雨の季節にはきっと大輪の花をさかせますね。梅雨の季節は、生きているかぎり確実に定期的にやってきて、拓朗の将来にも、我々の身辺にも、同じテーマが繰り返されるのだろうと思います。
　きょう、批評していて、大いに見直したところがありますよ（笑）。

甲　先のペン大会で、カート・ヴォネガットが来日して講演しましたね。彼の〈坑内カナリヤ説〉、文学は社会のカナリヤである。炭鉱の坑道には空気の汚染を真っ先に体感して死んでしまうカナリヤを、危険防止用に置くそうですが、それを思い出しました。人間関係においても、いろんな場面で、カナリヤの役目を誰かがしているのだということです。

こんなところでしょうか。そろそろ次の作品にいきますか。

乙　結局、何もかも僕らにしゃべらせた。そういう力のある作品なんですよ、これは。

（了）

京都駅プラットフォーム

立ち止まって動けなくなっている人を見たことがあった。地下鉄から地上に向かう改札口が東西に開いている所で、大量の人間が階段下のホームから上ってきたり、改札口から入ってきて地下に下りようとしたりする。こんな場所は、迷いが生じると渦の中心のように下向きに吸い込まれて動けなくなるのである。以前に見たその人はバービー人形そっくりの若い女性だった。背が高く小さな顔を縁取る栗色の長い髪が首の辺りで踊る。高速で回る独楽《こま》は静止しているように見えるものだが、まったくそのように、その人は立ち尽くしていた。外国からの観光客が世界に類を見ないような都会のラッシュに遭遇して驚いたのかもしれない。定点カメラは動くものをすべて曖昧な線と色に溶かしながら、中央にある動かない被写体を鮮明に映し出す。そんな芸術作品を前にしたようで、エイは刹那、見入った。一枚の絵として記憶している。

エイがあの光景を思い出したのは、彼自身もまた、京都駅で、人の渦に巻き込まれそうな感覚に陥ったからである。平日にもかかわらず、観光客の団体が通路にあふれる。通勤客の多い時間帯に重なったせいか、行く人来る人の方向がぶつかり合い、渦巻になった。行き場を失ったエイは同じ場所で耐えるしかなかった。人の行き先は東西南北だけではなく、上下もあることを思い出したのである。

エイは定年によって教職を辞した。この春は自分の退職という節目でもあったので、卒業生を見送った後は、自分の教員生活への思いを言葉にする機会が重なった。離退任式の挨拶であったり、文集に寄稿するエッセイであったり、送別会でのスピーチであったり。生徒に、同僚に、家族に、感謝の気持ちを伝える。同じような言葉を連ねながら、確かにその通りだが、それだけではないなという別の声も聞こえる。常套句からはみ出しているものをどう表したらよいのか。

三十数年前、神奈川の県立高校に勤めていた時期、同僚に数学の教員ビビがいた。エイが新採用で着任した時に同い年のビビは既に三年目だった。エイは学生時代に休学してアメリカやアジアに遊んだり学んだりしたし、卒業後も定職に就くまでの逡巡期間があったからである。県に正式採用が決まった時も「これでいいのかな」という思いにかられて単純には喜べなかった。公務員として県という鍋の中で煮炊きされる生涯、これでいいのだろうか。枠にはめられる窮屈さに耐えなくてはいけない。それでいいのだと、証書を読むように自身に宣言した。

何もかも初めてづくしの慌ただしい日々だった。教員生活は動き出したら止まれない。不十分な準備のまま教室に行って大声を出さなければいけない日常は見切り発車の連続だった。そんな中、大きな分度器や三角定規を担いで悠々と廊下を歩くおかっぱ頭のビビの姿に惹かれて追うようになった。ビビは黒板に迷いのない線を引く。大きな円をフリーハンドで歪みなく描く。板書の字だけでなく声も大きい。授業以外の校務も、きっぱりと物事を処理していく。仕事の優先順位のつけ方がうまい。遅くまで残る日が重なると一緒に帰ることも増えた。共通項は関西にルーツがあること、盆や正月には下りの新幹線に乗ること、このような話題になると、手を繋ぎたくなる。自然に、二人は結婚することになった。その場合、夫婦で同じ勤務校にはいられない。エイはこれを機に県を退職して私立学校に転じることを考えたのだった。

ビビは結婚にあたって、改姓したくないので「あなたのほうが変えて？」とさらりと言った。英語の教員であるエイは、自分の思想をリベラルであると自任していたが、結婚でどちらかが名前を変えて同姓にならなくてはならない場合、多くは女性の方が抵抗なく変えるのだという先入観が自分の中に強固であることに驚いた。「僕の姓になることがいやなの」と尋ねると、「あなたのことは大好きだし、あなたの名前も良いけれど、私は自分の名前を捨てる意味がわからないので、無理なの」と本当に困ったように言った。「もし、だめなら、婚姻届を出さないで事実婚にしましょうか」とまで言ったのだ。

結婚することで名前を失うことの理不尽にしばらく葛藤した。エイはなかなか親にも言えなかった。弟にこっそり話すと「かまへん、俺がおるし」と支持してくれた。ビビは迷うことなく、あらかじめ心積もりをしていたかのように「あなたのほうが」と告げたのだ。どちらかが姓を失わなくてはならないとは、なんと不自由な婚姻制度なのだろう。

エイは法律と戦うことは後回しにしてビビとの結婚を実現させたかったので改姓した。職場での呼称は旧姓を使用してもよいと事務長からは教えられたが戸籍名とは異なることになる。公的な場面では妻の姓で呼ばれて返事をしなくてはいけない。自分の体が引き裂かれたようだった。

県を退職して私立学校に移ったのは、真新しい自分の印象を新しい姓名をもって職場に形作りたいと考えたからである。また、私学は転勤がないので落ち着いて定年まで過ごせるという期待もあった。そんな思いをビビに語ると、「良かったわね、生徒も落ち着いているし、待遇も変わらないし、むしろ良いくらいだし、おめでとう」と清々しい表情だった。「おめでとう」とは、ビビの体に宿った我が子に対してでもあった。

ビビは産休と育休とをつなげて、娘との時間を密に過ごした。この時は「あなたのほうが」とは言わなかった。ビビの休暇明けにはビビの母親が頻繁に手伝いに来てくれたし、エイの職場も当時にしては珍しく育児休暇への理解があり、保育園にも入れて、大過なく生活は回っていった。

エイはほとんど勤務形態を変更することなく職場における英語科の主軸になっていった。進学校であるから、業績は大学合格者の数字で表れる。生徒が塾に通わなくてもしっかりと学力のつく授業を求められる。私立学校は営利を抜きにしては存続できない。学費に見合った合格率を毎年維持していることが最重要になる。エイは日本国内の多くの大学は大差ないと思っているので、進学先によって人生が変わるかのように思い詰める生徒にそう教えたいのだが、学校全体の戦闘モードに水を差すようで気が引けた。実際「要は本人だよ、その人によって大学が評価されるのであって、その逆はない」と断言したら、反発を食らって生徒に変なことを言うなと怒られた。本気で、進学先によって本人の評価が決まると思っているのか。アホかと言いそうになって、口を押さえた。

エイの両親が眠る墓所は京都府の郊外にある。京都駅から山陰線に乗って十数分もすると田園が広がる。人で溢れる京都市街の景色から打って変わって緑が滴る地域だ。トンネル、渓谷、渓流、トンネル、田園、里山……と、短時間でがらりと変わる風景に観光客は喜び驚嘆する。

エイにとっては長い間、この田園はわくわくする異界の地だった。父の在所である家は代々の農家で、父は毎年一度も欠かすことなく祖先の供養のために八月の決まった日に墓参した。エイは小学生の頃は毎夏をこの家で過ごした。父は当然のように夏休みの子供たちを実家に預ける。母も異存がなかったので、エイは弟と従兄姉たちと夏休みの宿題をしたり遊びに駆け回ったりした。夏の絵日記に書く材料が豊富で、楽しい思い出が満ちていた。

波打つ緑、川の匂い、川底のぬるぬるした石の感触、ザリガニ、川面に走るアメンボ、夕刻のトンボの群れ、これらを全身で味わう。エイは心からそれらの感触を珍しがり、楽しんだのだが、はしゃぎすぎると、従姉たちは呆れたように「なに、言うてんねん、そんなん、いなか、ちゃうえ」とエイの感性を訂正する。それで自分は間違った反応をしているのか、よくわからず凹むこともあった。

叔母が縫ってくれた服は弟とお揃いのつなぎズボンで、どんなにでんぐり返ししても脱げない。動きやすく丈夫な作りだ。蛍狩り、スイカ、花火、と、今思うと、祖母、伯父、伯母や叔母たちはあれこれ考えてもてなしてくれていたのである。特に、伯母は農家の嫁としての労働に加えて、夏休みの義弟の子供の面倒までみて、衣食住を整えてくれていた。まだ家事の電化が十分ではなかった時分、たいへんだっただろうと思う。祖母が亡くなった日には、田園風景の大きな存在が欠けて「ついに絵日記時代が終わってしまった」と感じた。次いで、伯父が、父が、母が亡くなっていく。

エイが両親亡き後にも父の習慣を継ぐように田園詣でを続けるわけは、六十年前からの子供時代の恩返しの気持ちもある。親戚の老人たちは皆、エイを生まれた時から知っている。「あんた、あれ、覚えてるか」と訊かれるあれこれに頭を巡らし首を捻りながらも、長い時間を共に重ねてきた縁者への愛おしさに浸って自分の役割を考える。

父は転勤の多い会社員だった。国内のみならず外国にも移り住んだ。ロンドンや香港にも暮らしたことがある。東京と大阪を二回ずつ転居した。一度も単身赴任をせず、一家での移住は当たり前、引っ越しと転校に慣れて、不都合を感じることもなかった。二歳違いの弟と同じ学校だったので寂しくもなかった。たいへんだったのは母だったと思う。転校しても平気で暮らせたのは母の努力と気性のおかげだとわかったのは、自分が家庭を持ってからだ。盆休みにはどこからでも帰郷するという父の信念は堅く、必ず京都に帰ってきていた。エイは父の年齢をなぞって記憶の修正と理解を重ねていく。

京都という所は自然災害には見舞われたが戦災を免れ、保全の条例に守られて、千年以上前の古都の趣を残している。街自体が国の宝だ。と思っていたが、気がつけば、京都駅は新しい意匠に変化していた。

「あれ」

エイはその日、戸惑いを覚えた。

田園に行く方法は、過去をたどると一様ではない。バスに乗ることもあったし、自家用車を運転することもあった。居住地やライフスタイルの変遷と共に変化してきた。どこを起点にして行くかによって道のりは異なる。行く先は変化の少ない郊外、だからこそ安心感のある父の生家だ。エイが子供の頃は、山陰線はまだ単線で蒸気機関車だった。トンネルが近づくと、父が慌てて窓を閉める。間に合わないと、猛烈な黒煙が顔を直撃する。大人はわかっているので風上側に座って窓を下ろす動作も速い。子どもは山々の深さや峡谷の景観に見とれて、煤だらけになって涙を拭きながらも懲りない。トンネルを挟みながら別世界に運ばれていく。崖ぎりぎりに敷設された線路を曲がりくねって走る汽車の窓からは、渓流と山々が見え隠れし、目をこらしても人影は無い。エイは幼い子が歩けず荷物が多い時は車に頼ったが、大きくなって学校に上がると電車からの眺めのほうが楽しいから、自分が魅了された景色を妻や娘にも見せたくて列車に乗った。

山陰線は、蒸気機関車からディーゼルになり、単線が複線化し、沿線に人口が増え、京都市街に通う勤め人や学生の足として便も増えた。異界への扉はどこかに隠れてしまい、ベッドタウン化が進むと同時に外国からやってくる観光客がホームを埋めるようになった。

その日、エイは京都駅に降り、いつものように乗り換えようとしていた。慣れた道のりのはずだった。両親の墓に参り、親戚に短く挨拶するだけの用で、年一回と言わず、彼岸の頃も盆の頃も、時には月命日と称して行く。

退職後のエイには、自由な時間があり余っている。

「また、行くの」

あきれ顔のビビは、先に早期退職をしており、余暇を神戸市の海辺に住んでいる両親と過ごすことに定めて二重生活のようになっている。老いて病みがちの父の看護は母一人では重い。一人娘のビビに頼ることが多く、しばしば親から電話がかかってくる。そういうこともあって、ビビは早期退職を選択したのだった。

「また行くの」はお互いさまだ。

エイは両親の晩年の孝行を十分にできないままに別れたので悔いがある。元気だと思っていた親の突然の瓦解がショックだった。父は末期がんで入院して一ヶ月も経たないで他界、その後の母も不調を訴えていたのに検診をしないまま「大丈夫よ」という本人の言葉を信頼していたら、大丈夫ではなかった。一人暮らしの豊中市の自宅で脳梗塞で倒れた。すぐに救急搬送していれば後遺症も残らないですんだかもしれないのに、電話に出ないことを不審に思って吹田市から来た弟が発見するまで何時間経っていたのか不明だった。結局、後遺症が生活を奪った。食事が満足にできなくなった。リハビリを進めるさなかに弱って亡くなった。所見ではがんが複数箇所で増殖しており、知らなかったことにうなだれるしかなかった。母の寂しさやストレスががんをのさばらせたのにちがいない。そばにいれば防げたはずのあれこれがエイの頭の中を吹き荒れて、ビビが神戸の両親のそばにいたいと言った時に大きくうなずいて「それは絶対、そうするべきだ」と即答したのだった。

エイの京都行きは、よく神戸にも寄ることでもあるので、「いっそ横浜の家をかたづけて京都か神戸に移住しましょうか」というビビの提案も絵空事ではない。それぞれの大学と勤務先が首都圏にあったからという理由で惰性のように住み続けているだけだ。二人とも退職した今、横浜に固執する理由もない。もし娘のイーが望めば、家を渡してもよい。結婚して横浜に住んでくれれば一番良い、などと夢想する親の願望をよそに、結婚の兆しもなく商社勤めに励んでいる。その姿は、エイの父親に似ている。飛行機に乗るのはバスに乗るような感覚で、気軽に飛んでいる。結婚を強く勧められないわけはわかっている。日本の婚姻制度が娘に不利に働くかもしれないと危惧するから。エイは三十年経っても、自分の姓を失ったことを悔やんでいる。頻繁に両親の墓参に訪れるのも、ルーツを確認したいからではないだろうか。一つの生まれ育った郷里という場所がなく、自分はどこの誰なのか、定まらないままである。

京都駅の新幹線ホームから在来線の乗り換え口の方に移動する。東西南北の各地を結ぶ列車が発着している。通路を進みながら改めてそれらの表示を見上げる。社会的な立場に縛られなくなったエイは、京都駅の新しい意匠への好奇心と長年親しんだ道のりとの郷愁がぶつかり合って渦巻き、めまいを覚える。目が回るほどの自由、これはよほど暇でなければ味わえない感覚なのかもしれない。

北陸方面行きは烏丸口に向かう端にある。琵琶湖方面行きは西口の辺りにある。もう一度戻って見回すと、奈良方面、宇治方面……おや、近鉄？　なんと私鉄が堂々と新幹線の近くに入り込んで平然としている。私鉄や地下鉄の相互乗り入れは関東にもあるが、ここまでＪＲと一体化はしていない。京都は懐が深い。

エイはいわゆる鉄道マニアではない。むしろ従姉がそれで、幼い頃によく蒸気機関車の写真集を見せてもらっていた。黒光りする機関車の顔はエイにはどれも同じように見えて、どれもトンネルに入る前に窓を閉めなければひどい目に遭うということを条件反射のように感じて眺めるだけだった。「ええなあ、美しいやろ。よう見てみ」と、一つ一つの特徴を語る従姉の顔のほうばかり見て、ときめいたものだ。二人で遊び疲れてレンゲ畑の中で大の字に寝たことがある。空の高さとふかふかした草に包まれ、宇宙を浮遊するような感触は今も覚えている。隣に従姉がいるということが楽しかった。ところが、家に帰ると、全身がかゆくてたまらなくなった。伯母が「あんたら、あんなとこに入ったらあかん。豚のえさ場や」とあきれ顔だ。全身の虫食いに薬を塗ってもらいながら、豚と同居したのかと切ない気分になった。こういう場合に叱られるのはいつも従姉だけなので、エイにはそれが申し訳なく辛い。叱られないのは自分がよその子だからだ、客扱いだからだと気づくたびに心が静まり、一つ一つおとなになっていく。

マニアというべき人間はかつての職場にいて、エイが京都に縁があると知ると、よくその話題を振ってきた。京都の大学を出た社会科教員のその男は、毎日の通勤にも大きな重そうなリュックを背負っていた。いつでも旅立てるようにフィールドワークに備えてあるそうだ。いつ何時《なんどき》遭難しても大丈夫だと楽しそうに背負う。神社仏閣への散策には消極的なエイとは違い、歩く学芸員を自負して勉強を続けていた。エイはビビに付き合って花盛りの段々畑のような造りのデパートに入ったり、小学生だったイーのリクエストでホテルに隣接する劇場でミュージカルを観たりしたことはあった。それらすべてが駅ビルの中にうまく収まっているのである。

「京都駅は、ありゃ、ひどい」と、新装なった当初は巨大な建築物による景観の分断を嘆いていたが、長期休暇には必ず京都を探索し、「行けども、尽きない。奥が深い」と、しみじみ語る。その彼が教えてくれたことがある。

「京都駅には、ミステリアスな秘密があるんだ。唯一無二の」

もったいぶった言い方だが、ただ「1番線が無い」というだけで、エイは気抜けする。なんと0番があり、その次は2番なのだそうだ。

確かめてみようと、エイは京都駅の全貌を改めて把握するつもりで、路線番号を数えていった。新幹線を降りて在来線に向かうコンコースに入ると、雲霞のごとく密集した人々が迫り、いったいなぜこのように人が多いのか、今日は何の日だと、誰かに尋ねたくなる。

うごめく群衆の中には、行き暮れたような人も混じっていて、そんな人に声を掛けられることがよくあるのは、同類と見なされる何かを自分も発しているからかもしれない。エイは、道を訊かれると足を止めて丁寧に応じることにしている。忙しすぎた現役時代の反省が背後にある。あの時、あの生徒にもっと親切につきあえば良かった、あの生徒の親にもっと親身に言えば良かった、などと、脳裏に飛び交う悔いの虫が羽音を立てるのだ。

「ビワコ、どこ、行きますか」

日本人ではなさそうな日本語にはこちらもゆっくりと答える。英語で言いたいところだが、必ずしも英語圏の外国人とは限らないし、色とりどりの付箋がはみ出している観光ガイド本を握る人が覚え立ての日本語を話そうと努めているのだから、正確な日本語で応対する方が親切である。表示を確かめて、2番の琵琶湖線、3番の湖西線の乗り場を教える。「よく人に道を尋ねられるのはなんでかな」とビビに話すと、「暇そうに見えるから」と尻上がりに言っていた。

制服を着た集団が横切る。中学生か、ガチョウが鳴き交わすような変声期特有の声で跳ねながら行く。中学校はたいへんだな、公立中学から移ってきた教員がよく話していた「セブンイレブンなの」と。早朝から深夜まで校務に追われることがあって疲労困憊、高校の方がまだましなのだと。口を開けて片手を上げっぱなしにしている引率教員の姿を見て労《ねぎら》いたくなる。

山陰線は西口を過ぎて突き当たりの端にある。階段の下からすでに峡谷の風が吹いてくるようだ。陰という字面が寒風を帯びている。観光客に人気の嵐山方面への乗り場なので、近頃は嵯峨野線という愛称が付いている。子どもの頃に味わっていた異界への入り口は別の趣が加わって健在である。

列車が着くと、降車専用の34番ホームはどっと人波に覆われる。終着駅のホームには洪水のように人が流れ出る。エイは人波が過ぎるのを待ちながら、次の列車が33番、32番を出る時刻を見比べる。田園を越えて天橋立方面まで行く特急列車〈はしだて〉が待機している。〈きのさき〉や〈まいづる〉という列車名にもそそられる。それらは志賀直哉の小説「城の崎にて」に誘い、歌謡曲「岸壁の母」の声によって舞鶴港で引き揚げ船を待つ母の姿を浮かび上がらせる。

人波が引いた所に残された人がいた。ぽつんと一人の小柄な女性が佇んでいた。かなりの年齢の人と思われたが、背筋を伸ばして少しずつ回転している。どうやら三百六十度の様子を調べないと行き先が定まらないようで、一歩も歩き出すことなくそこにいる。エイはいつか雑踏の中心で立ち尽くしていた人の姿を思い出した。あの時はファッションモデルのような長身の若い女性だった。30番ホームを背に、今、立っている人は八十歳を超えているだろう。知り合いの老人の外見と比較して見当をつける。関わらずに行き過ぎても良い状況だが、エイは立ち止まってしまった。

少し首を回しながら、その人は「困ったわ」とつぶやいた。その声は耳にはっきりと入った。エイは彼女が何に困っているのか、気になった。その人はエイの目を見て不安げに首をかしげた。

「どちらだったかしら」

道に迷ったのなら教えよう。

「お困りですか。どちらに、行かれるのですか」

「それがね、どうしたのかしら、違うの。あら、あなたは、前にも、お会いしましたかしら。あなた」

なまりのない標準語で、くぐもった声だ。関西の言葉はどこにあってもすぐにわかる決して廃れることのない強い日本語だ。京都で東方のアクセントを聞くと「ああ、あんた東国《とうごく》から来はったんやね、えらい遠いとこから」とやや優位からの憐憫の情を込めたくなるのはDNAの性癖だろうか。京都人とはいえないエイがそう言うことを洛中の人は許さないだろうが。

地元の人ではないのだろうか。しかし、手に持っているのは小さな布製のバッグだけ、旅行者の装いではない。ほっそり儚《はかな》い姿で立っている。

エイは声をかけたことをちょっと後悔した。認知症の老人についての少々の知識があるし、徘徊老人の特徴についても想像がつく。道に迷っているだけならば易いが、徘徊老人の保護となると、やっかい、時間がかかりそうだ。老婦人は晩秋にしては防寒が足りないように見える。行きたい所に行けないと困るだろう。

「大丈夫ですか。駅員さんを呼びましょうか」

ちょうど駅員が32番ホームの端に立っているのが見えた。エイは老婦人に駅員の存在を教え、駅員にも彼女の姿を指さして案内を頼んで、自分は出発間際になった列車に乗り込んだ。振り返ると、駅員が背をかがめて婦人に話しかけているのが見えた。良かった。

電車は各駅に停車する。こうして乗車を重ねることで、子どもの頃の記憶は遠くなり、蒸気機関車やトンネルの煤や川の絶景は上書きされ、現在の体験の下に沈んで見えにくくなっていく。記憶を大切にしたいのならば重ねないでそっと離れて置いておくのがよい。複線になって速くなった分、景観を楽しむ時間は失われた。かつての山陰線の景色は、〈トロッコ列車〉という区間限定の観光列車によって楽しめるようになっている。エイは両親と幼い娘を連れて乗ったことがある。父は難しい顔をして、観光客向けに様変わりしたこの路線に承服できない気分なのかニコリともしない。トンネルに入るとデッキで待機していた車掌が鬼の扮装でやあやあと金棒を振り回して現れたので、イーは大笑いする祖母にしがみついて泣いた。そんな日もあった。

向かい合わせた若い女性が化粧を始めるのを見たくなくて、エイは目を閉じた。あの老婦人は、前にも会ったことがあるようなことを言ったが、こちらに覚えはない。頭の中が混乱しており行き先がわからなくなっている老人のこと、人の判別も曖昧になっているのだろう。

丹波口、二条、花園、太秦《うずまさ》、嵯峨嵐山、保津峡《ほづきょう》、馬堀《うまほり》、亀岡。百年前から変わらない駅が続く。

地理的には変わらないはずだが、この日の墓参はどうも勝手が違った。追憶に集中できず、粉雪の散りだした天候にも追い立てられた。秋の彼岸に参った際の枯れ花に変えてシキビだけを供えた。シキビは持ちが良く、次に来たときにまだ青いとほっとする。寺は無住職になっており、冷ややかな雨戸がちょっとした風にも音をたてている。父と親しかったおしゃべり好きの住職はもういない。

近くにある父の生家を訪ねる。すぐ傍まで来ているのに挨拶もせずに通り過ぎるわけにはいかない。墓参りに来た事を告げ、菓子折を渡す。伯母はまんじゅうよりもチーズケーキのほうが好きだ。そのことをちゃんと覚えている自分に胸を張る。

伯母は暖かい部屋の掘りごたつに入って新聞を広げていた。長年、舅、姑、小姑、夫、息子、娘と暮らしたこの家に今はもう誰もいない。夫亡き後、息子、娘は独立している。一見、寂しそうな一人暮らしに見えるが、エイは伯母の様子を見て、今が一番気楽で幸せなのではないかと思う。時々訪ねてくる親戚や隣人の相手をする以外は、伯母こそ、自由に浸っているのではないか。古い因習の残る農家の嫁として自分本位の生活が長くできなかった伯母のこと、雪の舞う日にこうして暖かいストーブに自分のためだけの湯が蓋を鳴らしている。この平穏を束の間共有して頬を温《ぬく》めただけで、エイは満足だった。

「伯母さん、急に来てびっくりさせてすいません。また、来ます」

「こんどは、ゆっくりおいで、イーちゃん、連れておいでな。ビビさんによろしゅう」

見送ってくれようとするのを制して、出た。伯母は足腰に痛みがあるのでこたつの出入りもたいへんだし、外気との温度差も大きい。伯母が無理をしないようにエイは逃げるように帰った。小雪は止む気配がない。トンネルの向こうとこちらとは本当に気候が異なるということを改めて痛感する。

気づいたら、エイは横浜の家にいた。どうも記憶が飛ぶ。新幹線に乗ったらすぐに眠ってしまったらしい。ビビは呆れたような顔で迎えた。

「いつのまにか。黙って行かないで欲しいわ。あらかじめ言ってくれなきゃ」

「京都駅には1番ホームがないらしい。0番ホームがある。その次は2番、確かめに行きたくなったんだ」

「で、どうだったの」

「なかった」

会話が途切れる。

「京都駅には34番ホームまである、この数、すごいよな。でも、路線は0番、2番から14番までね、20番台なんか、どこにもないんだからね。変じゃないか」

「ふうん、順番じゃないんだ。てところが、さすが」

その反応に満足して、エイはやっと大きく息をした。

ビビはエイに迎合するようにもう一度「へえ」と言ってから、続けた。

「あのね、相談したいことがあるの」

友人が経営している学習塾の講師を頼まれたという。高校で教える仕事は「もう卒業」と言っていたのに、また教える仕事をしたくなったのだろうか。ビビにはある思いがある。高校生の頃の忘れられない体験がある。

宿題の数学の難問の山に四苦八苦していた時、近所に「数学の達人おばさん」がいることを級友に教えてもらい、一緒に習いに行っていた。庭に入って縁側に腰掛けて待っていると、そのおばさんはいつもエプロンで手を拭きながら奥から出てくる。丸いめがねをかけてかわいい声で、「あ、これね」と言いながら、B

4のわら半紙を一枚すっと広げて鉛筆で数式を解いていくのである。日当たりの良い縁側に座って手元を見つめるビビらに、時々、少女のようなかわいい声で「ここ、開いたのよ、Xで」とか「グラフを作ってみるとわかるわ」と鉛筆できれいな放物線を描いて「ね」と楽しそうに計算式を並べていく。わら半紙いっぱいに数式や図が並ぶと、最後にA（アンサー）、答を書いて下線を引いて終了。その美しさに見とれた。おばさんは紙の大きさに合わせて計算式の詳細さや字の大きさまでを調節して、いつもきれいに一枚に収まるように書いている。書き損じのない進行であるのは、はじめから計算の段取りが頭の中に浮かんでいてその通りに書くからだろう。鉛筆の濃い薄いのリズムと形のよい数字や記号、そして、考察を経て導かれた解答、それはたいてい単純な数字なのだが、わら半紙いっぱいの旅の果てに行き着いた解答なのだ。なんて美しいのだろう。ビビは数式の美しさに魅了された。その不思議なおばさんは、級友のお母さんの話では、旧帝大を出た人らしいが、日頃は台所で漬け物を洗ったり、庭の柿をもいで干し柿にする作業に追われたりしている主婦だった。化粧気のない陽焼けした顔は笑うとしわが刻まれ、きついパーマの髪が縁取っている。その頭の中で回転している因数分解や微分積分の解が鉛筆を持った指から流れ出て、愛らしい声と共に完答する。教えるといっても見せているだけ。制服姿の二人の高校生は見つめているうちに自分もそのスマートな手並みをやってみたくなり、取り組むのである。

「教育ってそういうことなんじゃないかな。あのおばさんの証明にはすてきな品格があったのよ。かっこいい。私も、あやかりたい。数学って美しい、と生徒に思ってもらえるようなおばさんになりたいな。数字って言葉なのよ。論理の言葉」

ビビの持論が続く。

言葉と言えば、エイにも実感を伴う体験がある。幼稚園から小学校の頃はロンドンで現地校に通っていたが、数字と音符は国籍に関係なく通じる言語だった。万国共通の記号だ。香港では日本人学校だったが、街にあふれる英語と広東語のシャワーを浴びながら、あまり困ることもなかったのは、共通の言語である数字、音楽、スポーツなどが日常にあったからだろう。子ども社会は案外、ボーダーレスである。最初に覚えた英語は「イッツマイン!」、おもちゃを奪われそうになったときの叫び「それは僕のだよ！」通じた。それからは喉の渇きを潤すようにがぶがぶと言葉が自分のものになっていった。

ビビが誘われている教室が神戸の海辺にあるということは、ビビの実家通いがさらに頻繁になり、あげくには半分移住してしまうような生活になるということだろうか。

「ただの計算なら、電卓を使えば事足りる。数学は計算の方法を学ぶのではなくて、論理的な考え方を習練する教科なのよ。現職の頃には教室でできなかった遊びを、テストと評価に追われない塾で子どもたちとやってみたいな」

ビビが教科へのこだわりを持っているように、エイも同様、英語教育のあり方には一家言ある。便利な翻訳機器が一般的に出回る世では道具を使える力がものを言うようになった。そもそもエイが英語教育の道に進んだのは、英語を教えるためではなかった。日本語を知るためだ。そんなことを生徒に語る暇はほとんどなかったが、日本語への愛着は幼い頃から強かった。両親の日本語が全く異なったイントネーション、アクセントなので、言葉の奥深さに触れ続けた。生粋の京都弁の父と広島風関東アクセントの母の会話を聞きながら母語を獲得していった。それぞれの親類がおしゃべりしていると不思議な音楽のように響き合う。異なる楽器で異なる音階をそれぞれの音程で奏でているような会話、いつまでも聞いていたい。エイの関心はそんな豊かで多様な日本語にあったのだが、大学は得意な英語を生かして英語英文学科に進んだ。一通り学んだら、日本文学への扉を叩きたくなる。

エイは古典の『源氏物語』も明治の小説も英訳本で読んだ。古文よりも英語のほうがわかりやすい。翻訳への工夫を訳者と共有することがおもしろかった。定評のある翻訳者が漱石の『こころ』の登場人物（先生、お嬢さん、奥さん）をそのまま固有名詞のように「Ｓｅｎｓｅｉ」「Ｏｊｏｓａｎ」「Ｏｋｕｓａｎ」とローマ字表記にしていることを知ると、「それでいいぞ」と嬉しくなる。シェークスピアもディケンズも良いが、英訳された日本文学が世界に羽ばたくのを見るのはわくわくするほど楽しく、ここに自分の余生があるような気がする。再任用や非常勤の話を断ったのも、そうした志があったからかもしれない。他人事のように思っていた翻訳の仕事に手を挙げている自分の姿が遠くに見えた。これからは本当に好きな勉強ができる。

日本語の特性を知るほどに日本の縁《ふち》に立って奥を見つめたくなる。人称代名詞については、生徒とも話し合ったことがあった。エイが、一人称は一つで十分ではないか、「私」だけでいい、「僕」や「俺」はいるかなと挑発的に問いかけると「俺は、僕はなくてもいいと思います、私で」と言う発言に爆笑が起こった。「日本語はいろんな一人称だけで話し手の性別や年齢や育ちまで想像できて、豊かだと思います」という意見に対しては、「その使い分けは豊かというよりも、縛りのようなものだと思います。てゆうか、先入観、てゆうか、偏見?」という反論が出たので、エイは我が意を得たりと調子に乗って「では、二人称こそ、どうだろうか。どんな相手にもｙｏｕ、あなたでよくないかな」と振ってみた。英語でも中国語でも二人称はたいていシンプルに一つでもかまわない。海外生活においてはその風通しの良さが、エイには心地よかった。人物の属性にかかわらずに率直な会話を楽しめた。日本語の待遇表現、敬語の難しさには苦労したものだ。すかさず、生徒の声が「先生、あなた、良いことを言っています」とまた笑いを誘う。まだ受験に遠い一年生のクラスに許される時間だ。教室が笑いの波に揺れる時間は至福だった。教員になりたての頃から、エイはよく同僚との雑談中に「翻訳調の日本語だな、固いよ」とか「こなれてない、かちかち」と失笑を買ったが、教室ではそれで良いのだと考えるようになった。辞書に無いような崩れた日本語を生徒の前ではあまり口にしたくなかった。

「お正月は、神戸で過ごしませんか」

ビビが手帳をめくりながら言った。

「舞子のホテルに行きましょうって言っているの。父の方からそんなことを言うのは珍しいし。どういう心境なのか」

ビビは声を落とした。

「あの時に行っておけば良かったって後悔したくないの」

沿線の駅名に須磨や明石の文字を見ると、エイは『源氏物語』など平安文学の世界を連想してただ嬉しくなる。鉄道は京都を挟んで琵琶湖方面、大津にも繋がっている。石山寺は紫式部が執筆のためにこもったことのある場所ではないか。古典に関西の地名は広々と多く表れる。そこに生きた人物の内面を知りたくなる。「芋粥」の舞台は京都から敦賀だったな。『今昔物語集』にも『宇治拾遺物語』にもある同じ説話が芥川龍之介の手で近代小説に生まれ変わったが、その間何度、作者の筆と読者の気持ちが京・敦賀間を往復したことだろう。

正月の過ごし方に異存のあるはずがない。ビビはカレンダーにさっそく印を書き込んだ。

エイが再び京都駅に降り立ったのは、クリスマスも過ぎて慌ただしくなってきた年の瀬である。

「ホームじゃなくて、フォームだろ。ｐｌａｔｆｏｒｍ！」

駅舎は箱ではなく、線路の一部を覆って乗り降りのための足場を確保しているだけだ。列車を囲み込むことも、地平に消える線路を見極めることもできない。そこに留まって何かをすることは許されていない。あくまでも移動する者の便宜を図るためのプラットフォームなのだ。「だから、ｈｏｍｅではないんだっつうの」

独り言を言いながら、30番ホームに向けて歩いて行く。新横浜駅から一緒に新幹線に乗ったビビは下車せずにそのまま新大阪経由で神戸に向かった。エイは日没までにはホテルに行くからと約束して京都で降りた。「好きね」と揶揄されても、エイは何かを確かめたくてたまらない。

乗らなくても山陰線のホームに向かうと、特有の風を受ける。子どもの頃の思い出は夏のものだけではない。大晦日に泊まったこともあった。土間で餅つきをした。大きな臼と杵に初めて触れた。伯父がつき、祖母が丸めた。湯気のたった餅を丸めて並べていく。熱いつきたての餅のうまさは舌が覚えている。父が戦争に取られていた時、陣営で郷里から送られた丸餅を地方出身の仲間が珍しがったというエピソードを、父への弔辞の中で知った。祖母が父のために餅を慰問袋に入れ、それを見た戦友たちが「京都は丸餅なんだね」と喜んだ。そんな時代の光景がエイの中に再生産される。就職したばかりの年に兵役に就いた独身時代の父の姿と餅が家族の光景を写し出して重なる。

師走の京都の景色を眺めたいだけではないことをビビは見抜いていて、「1番線はないのよね。0番の次は2番、謎」と言われて、それがどうした、自分でも他愛のない数字の妙にこだわるのは子供じみていると返す言葉もない。

神戸の義父母は阿闍梨餅が好きだから、土産に持って行こう。途中下車の口実にもなる。娘にも何か。

青い目、緑の目、明るい髪色の十数名の団体がツアーの旗の下に並んでいる。足元は一様に白いスポーツシューズだ。ガイドの声は英語ではない。東欧のどこか、ロシア語、いや、ポーランド語、え？　聞き取ろうと耳を澄まして歩調を緩めるエイに反して、一行は急に方向転換して去った。東欧からの一陣の風のようだった。

弁当屋と土産物屋が軒を連ねるコンコースを過ぎる。知らず足が向いて30番ホームのほうに降りていく。見慣れた光景の中に身を置くと落ち着くのだが、なんとなく新味を探している。相反する心理は前向きの意欲であるように思う。

そこには、やはり、あの老婦人が立っていた。30番から34番までのホームは京都駅を起点とする路線のフロアとして一繫がりの空間にまとめられている。老婦人はこの広がりを楽しむかのように見回している。

エイは驚愕を力ずくで押さえた。鼓動が息を途切れさせる。目を伏せて深呼吸をした。

いけない、自分に言いきかせる。これはミステリーでも何でもなく、老婦人は近所に住んでいる人で、駅周辺は生活圏で庭のような気分で散歩しているのかもしれないではないか。そうでなくてはおかしい。だとすれば、軽装であるのも、おかしくも何ともない。しかし、なんで、わざわざ?

エイは恐怖から逃れるように開き直った心持ちで、決して関わるまい、長居は無用、土産を買ったらビビの所に向かうのだと懸命に自分に言い聞かせた。一方で、驚く自分を客観的に眺めて身を乗り出している演出家が内在している。

正月に合流する予定でいる娘のイーには以前から頼まれていた美容マスク〈舞妓さんのほっぺシート〉も買って行かなくては。確か雑貨の売り場は通路の中程にある。エイはもう山陰線コンコースの老婦人を見たくなかった。自分こそが不思議な狭間に落ちて行きそうで恐ろしく、今はそんな冒険はしたくない。時間も無い。冗談ではない。

「あら、また、お会いしましたね。はるか。はるか」

「いえ、人違いですよ。僕は、はるかとはちゃいます」

老婦人は一歩も動かないのだが、エイを引き寄せるように指を立てて、にこやかに目を上げた。中心の軸が固定された人形のような立ち姿だ。優しげなまなざしだが浮き世離れしていて、内奥での静かな混乱が透けている。

「ほら、はるかですよ」

その声はささやくように、小声なのに耳の中に丸ごと入ってくる。

「いえ、違います」

エイは手を振って、目を合わせないようにした。振り切るように早足で歩き出した。

30番ホームには特急列車が待機している。初めて見るデザインの特急だ。どこに行くのだろう。エイは山陰線のなじみのエリアに入っているこの列車の正体のほうが自分の関心の向く先だと思おうとして、ずんずん歩いた。

構造のせいか、寒風が吹き込む。土地には千二百年分の都の人々の生き死にが沈潜している。地下から賑やかな生命の痕跡が吹いてくるようだ。囁きや溜め息が人の体温を伴って湧いてくる。

この列車はどこに行くのだろう。表示を探して首を回す。一回転してやっと見つけた行き先表示には、関西国際空港行きとあった。特急〈はるか〉。

唖然として文字通り口をあんぐり開けて笑い出す。

「なんだ、そういうことか、はるかって、これか」

知らないとこんなことでも謎めいてしまう。自分の無知をごまかすように歩き続けた。

「空港か。飛行機なあ」

あまりなじみのない空港だが、その空の先にある国々は親しくエイを受け入れ育ててくれた。国境国籍を超えて知り合った人々の笑顔や抱擁がエイを包み込む。彼らとはファーストネームで呼び合っていた。自分は自分、あの頃と変わりはない。

乗りもしないのに、ホームの深い所に進んでいく。自分の中に「謎ですか」と自嘲する声がする。乗降客の多い京都駅は機能的に考えられているはずだ。その名にことさら呪縛を感じて勝手に謎を見出したりパワースポットに祭り上げたり、怖がったり不思議がったり、そういうことは「いい加減にしろよ」と言いたくなる。

僧侶の列がしずしずと通る。お坊さんも電車に乗る。珍しくはなく、エイはこれまで幾度も僧侶と乗り合わせたことがある。同席すると辺りは神妙になる。今、若い四名の僧侶は携帯電話を片手に歩いている。袈裟に焚き込まれた香が漂い、自然に頭を垂れたくなるが、僧侶は小声で通話をしながら足音のない歩みを緩めない。

ホームを歩いただけなのに、エイは行き先に迷った。一本のホーム上で迷子になるやつがあるか。頭がおかしくなったのかと自分を疑った。エイの立っている所は、なんと0番線なのである。

30番ホームが知らないうちに0番ホームになっていた。つながっているのか。なぜ、こうなる。

降ってきたように、頭上には行き先表示が垂れて並んでいる。高山線の特急〈ひだ〉、北陸線の特急〈サンダーバード〉、福井や富山方面への表示も重なって、人々の往来が多い。立ち尽くすエイにぶつかって舌打ちする人もいる。師走のせわしさの中でエイの存在はまるで不審者、我に返って「おれ、不審者?」とわざわざ声に出して正気を試みる。だまし絵の中に迷い込んだようだった。

振り返ると、中央口が大きく開いて、ろうそく型の京都タワーが目に飛び込んだ。出るでもなく乗るでもないエイの存在を誰かが見とがめているような気がする。

まったく混乱したまま、奔流に逆らって泳ぐようにしてなんとか5番乗り場にたどり着き、神戸方面への電車に乗ることができた。

舞子のホテルでの越年は平穏に過ぎた。会うたびに少しずつ確実に変化がある。義父母の緩やかな老化と、娘イーの独立心旺盛な様子に、エイは自分の立ち位置を見直すことを迫られている。義父は酒を控えて早く寝てしまい、義母とビビがひそひそと遅くまでしゃべっていた。イーは〈舞妓さんのほっぺシート〉を顔の上にのせて母親の傍に潜り込んでいる。幼かった時の姿と同じように見える。知らない歌が多い紅白歌合戦が流れていた。日本語と英語が混在する歌詞が耳障りで理解できない。除夜の鐘が間遠になる。

元旦の祝い膳には、獅子舞が歯をカタカタ鳴らしに来た。

それにしても、わけがわからんという内心の思いは未解決で、どうしても帰りにまた京都駅で下車したくなる。

ビビはエイの腕に手を添えて止めた。

「降りないで、一緒に家に帰りましょうよ。行きも帰りも京都で途中下車だなんて、そんな変なこと、やめようね。そのおばあさんは、いつもそこにいるのよ、きっと」

「そうなのかな。しかし、山陰線と関空特急が抱き合わせとは、まいったな。まるで、過去と未来との抱き合わせみたいじゃないか」

尽きることのない追憶は集約されようとしている。退職後の余生は新たな人生を構築したがっている。30番ホームでぶつかって渦巻いたのはエイ自身の意識なのだろうか。

「その通りなのだと思う。自意識の渦には目が回るのよ。ご先祖の過去に向かうエネルギーと海外に向かう未来へ飛ぶエネルギーがぶつかって、そこに渦巻いているのよ、きっと。海外はあなたの過去でもあるから、行って戻って回るしかない。そんな所には特別な魔の空間ができるの。落っこちないでね、出られなくなったらたいへん。それ、それに」

それに、なに。

ビビはいたずらっぽく瞳を回した。それはあの老婦人に似て「お会いしましたね」と言っているようだった。それに、なに。

三月、エイは元勤務校の卒業式に出かけた。

退職後の一年間は学校行事への招待状が来る。文化祭には行かなかったが、卒業式には生徒の顔を見るつもりでいた。卒業生は二学年の時に授業を受け持っていた生徒だ。次のステップに向く晴れた笑顔が大人びている。中には志望校を諦めずに一浪を決めた者もいるが、卒業という節目の晴れがましさは共通だ。それぞれの進路が気になるが、尋ねて回るのは憚られる。一様に「おめでとう」の声援を送った。一年間で成長して面差しも変わった生徒は巣立ちに十分な力をみなぎらせている。

元同僚がそっとエイのそばに来て問うた。

「毎日、何しているの」

聞き飽きた問いだ。働かないという選択肢の中に潜む何かが気になって仕方がないらしい。本当に不思議そうに、何をして過ごしているのかわからないから尋ねるのだろう。

生徒には「先生の将来の夢は」と訊かれる。これに捻り出した答は、自分以外の者がエイ自身に突きつけた答のようだった。

「日本の古典文学を勉強したい、かな」

「英語の先生なのに？」

「だからだよ」

誰も納得してくれない。煙に巻かれたように首をかしげて「で？」と来る。

「翻訳を比較すると、おもしろそうだから」

「で？」

おもしろい具体例は模糊としていて、言葉にすると逃げられそうになる。「英語の先生のくせに」という評価は以前にも受けた。世界的なスターだった英国の人気グループをどうしても好きになれないと白状した時のことだ。楽曲は音楽の教科書にも載っている。歌詞についてはシンプルな表現の良さを認めるが、声や演奏はうるさく感じてしまう。そんなことを言うと信奉者たちからの激しいブーイングに見舞われるので、以来、黙っている。音楽への理解が浅いのかとかすかに劣等感を持っている。で？

元同僚たちにとって定年退職は他人事ではないので参考にしたいだけなのだ。

「まだ、暇を楽しんでいるだけだよ。人生初の自由だよ、毎日、予定というものがない」

「へえ、良いなあ。でも、そういうのは、いつまで良いんだろう」

元同僚たちは我が身に当てはめて一応羨ましがるが、すぐに不安に襲われて、正直に反応する。

「羨ましいけど、ちょっと、怖い」

こんな雑談も長くは続けられないほど、現場は忙しい。校内放送で職員会議の招集がかかり、職員は慌ただしく走り去る。エイは自分もよく走っていたことを思い出し、自然に廊下のゴミを拾う癖が蘇ってかがみ、我が身の習い性に苦笑しながら歪んだゴミ箱をまっすぐに直し、手を洗った。

体育館の扉は閉まり、廊下も保護者の姿が消え、華やいだ式典の主人公は本当に学校を去ったのだ。卒業式で泣かなくなったら教職は終わりだと誰かが言っていたが、エイは昨年の卒業式では一滴の涙も出なかった。自分の退職という節目でもあったのに、感慨というよりも前途に具体的な目標を見いだせないまま進む緊張と思いがけない怒りの念が頭をもたげるのを感じていた。その感情は自分でもいぶかしく、訳のわからないまま、自前の皮肉や逆説をもってかき回していた。

学校は一時も静止しない。年度末の行事に追われながらも、新年度に一年生を迎える準備に余念がない。卒業式の感傷を引きずる者は見当たらない。一通りの再会の挨拶は済んだので、エイはさばさばした表情で玄関を出た。振り向くと、事務室の職員の一人が立ち上がって受付のガラス越しに手を振っていた。紅白まんじゅうの小箱を掲げて「お元気で」という口の動きが見て取れた。

正門を出て駅に向かう道沿いに、グランド脇のフェンスにもたれている若い男の姿が見えた。パーカーのフードに首を埋めて携帯電話の画面を見ている。近づくと顔を上げてちょっと会釈をしたように見えたので、つられてエイも会釈した。誰だったか思い出せない。彼が携帯電話の画面に視線を落として動かないままなので前を行き過ぎた。角を曲がり、あれは何年か前の卒業生だったのかな、首を捻り、歩調を緩める。相手が話しかけてもこなかったし、こちらも記憶がないのでたいした関わりがあったとも思えない。ちょっとした顔見知り、誰かわからない程度の。

駅の人混みに歩みを緩め、期限の過ぎた定期券にそのままチャージをして使っている交通カードをポケットに探った時、にわかに思い出した。

「ジンじゃないか」

エイはきびすを返した。角を曲がってフェンスを探した。もう誰もいない。それでもエイはそこに戻り、辺りを見回した。学校の正門から数人の在校生が賑やかに出てきた。「来年は俺たち」という笑い声が響く。エイを知らない生徒はお喋りを止めることもなく行き過ぎた。

学校の周辺を用もなく徘徊する不審者になってはいけない。エイは駅と反対の方に歩き出した。さっき「ジン」と呼びかけることができたら良かったのに、すぐに思い出さなくて悪かったな。曇った空に探す。思いだけが呼びかける。

「ジン、元気そうに見えたけど、今は、どうなんだい？」

一年ぶりの卒業式はエイの空隙を狙い撃ちしたかのような幕切れだった。

ジンとの時間を遡るばかりだった。

二年前、ジンは午後の自由選択科目であるエイの授業を取っていた。それは必修ではない設定科目なのでよほど英語に関心がある者しか履修しない。一学年の時に英語のセンスの良さをエイに褒められて嬉しかったのか、わざわざ参加しに来たのだ。もちろんエイは歓迎したが、ジンは一年生の時のような無邪気な積極性は失せて、いつも疲れた様子で教室に来る。夏休み明けには休みがちになったので、単位認定に必要な出席時数が足りなくなる恐れも出てきた。警告すると、来るには来るが、遅刻しては居眠りする。担任に尋ねると、他の教科も似たような事態になっている。

一年次ではエイの担任クラスにいたので保護者面談もしている。珍しく両親そろって面談に現れたのでよく覚えている。教育熱心な恵まれた家庭に見えた。父親のそばで母親の方は小さくなっているような印象だった。当時のジンは成績、生活共に問題はなかった。

二年の秋口、いよいよ欠時数が限界に近づいたので「もう絶対に休むな」と警告した。翌週、珍しく遅刻しないで教室に座っているのでほっとして声をかけると、机に突っ伏した。赤い顔で口で息をしている。襟元には鎖の飾りが金色に光っている。耳にも光るものを着けている。額《ひたい》に手を当てると高熱である。保健室に連れて行くしかない。ジンは「おれ、帰りたい」と言う。

「一人で帰れるのか」「うん」「帰宅したら、学校に一報を入れるんだよ」「おす」

そんなやりとりがあった。夕刻、ちゃんと学校に電話がかかってきた。エイはせっかく来たジンを欠席扱いにはできず、早退の扱いにした。これ以上の欠席は進級に差し障る。エイの掌はあの額の熱さを覚えている。

学年末の進級会議ではジンの状況が問題になった。定期試験を受けなかったためである。「体調が悪かったから」という理由で休んだのだ。追試かリポートで追認することになった。エイはリポートの課題を出した。問答式の英作文を課した。一年次から知っているジンの学力をもってすればこなせるはずだ。提出されたリポートを届けてくれた担任が声を潜めた。「これは彼の字ではない。国語でも、こんなことがあったんです。女ですかね」

数学の追試でもカンニングの不正が暴かれていた。これでは本当に落第してしまう。エイは筆跡鑑定などする気が起きない。ジンが高熱をおしてでも教室に来たのは進級したいからにほかならない。その気持ちがあるのならば学校は支援すべき、という持論を会議の席で説いた。結局、三年次への進級は果たしたが、卒業に必要な単位を余計に稼がなければいけないという条件付きだった。ジンは出席さえすれば卒業はできるはずだった。

今日の卒業式に、その姿はなかった。卒業アルバムを確認する。どこを探してもいない。この学年では入学時から三名の生徒が進路変更という形で去っていた。アルバムには三年次での学級活動や行事がページに踊っている。そこにジンの姿は見当たらない。進級したものの、欠席が続いたのだろう。

二年生まで関わっていた生徒が、自分が退職した後に学校から去った。それだけでも残念なのに、一年後の卒業式の日に私服姿のジンがわからなかったという事実は、エイの心にトゲとして刺さっていた。

「そんなの、私なんか、トゲだらけだわ」

ビビは痛そうな表情をしてみせた。エイの悔恨を聞いて共感してくれるつもりなのか、唇を突き出してうめいてみせる。

実際、ビビの心にも悔いの傷みは残っている。退職してもう四年になるのに、時々口にする。ヤングケアラーという言葉が使われ出し、テレビや新聞で流行語のようによく見聞きするようになってからは更に悔しがるのだ。

「あの頃はそんな言葉を使わなかった、ということは、そんな考えかたもなかったということだわ。でもね、言葉がなくても私自身が考えるべきことだった」

自分の不明を悔やんでいる。ビビのクラスにいた女子生徒デエのことだ。

あの頃のビビの勤務校は生徒指導に力が入っていて、それは学力向上にも繋がると信じられていたので、服装、頭髪、時間の規律を厳しく指導していた。ビビも学級経営は規律を重んじていた。全体の歩調を合わせる必要がある。公立学校は職員の異動が多いため、前任校の雰囲気の方が自分には合っていると思っても、各学校には現在の姿に至る経緯があるのだから、協力しなければいけない。着任したらいろいろな疑問を抱きつつ、対生徒では学校全体の一貫性を保っておくべきなのだ。

ビビの学年では毎日、遅刻者数をクラス別に張り出していた。自然、競うようになる。自分のクラスに遅刻者がゼロになるようにしつこく喚起する。

「明日はしっかりね」

「はーい」

デエはいつもちゃんと目を合わせて明るい返事をする。が、翌日も朝のホームルームに間に合わない。一時間目の授業にはぎりぎり、教室に滑り込む。朝の連絡事項が彼女には伝わりにくくなる。ホームルームでの話を彼女は聞いていないので、学校行事に関する情報が疎《うと》くなる。プリント等の配布物も机に入れておくが、渡ったかどうか心許《こころもと》ない。

遅刻の多い事情を訊いてもはっきりしないのだが、デエの表情には影がない。

「明日は、大丈夫ですよ、先生」

まるで担任のために良いことをしてくれるように、笑顔で宣言する。

「約束よ」

「はーい」

その繰り返しだった。

二学年の三者面談の日、デエは母親を伴って現れた。少し足が不自由らしかった。母親は娘に導かれて着席する。顔を上げると、母親の目が細くなって言った。

「この子は、良い子です」

ビビは大きく頷いて、デエの明るく協調性のある学校生活について話す。真面目に授業に取り組んでおり、成績も悪くない。進路はまだ決まっていないようだが、希望の実現に向けて進んで行きましょう、と、親の顔を見ると、首を捻っている。

「進路、ね」

デエは母親の方を向いて何かささやいた。母親はうつむく。

ビビは言わなければいけない話題に進んだ。毎日のように遅刻をしていることを母親に改めて伝えた。母親は視線を泳がせた。

「わかってるんですけど、この子が頼りなんで。この子がいなかったら、困ってしまうわ。この子が、あのう、いろいろ、してるんです」

「何を、ですか」

デエが母親を制するように、早口で言った。

「弟の、保育園に送ってから、学校に来るので、時々、遅れる」

母親は顔を上げて、楽しそうになった。

「朝、洗濯も、ね。よくやってくれて、助かってます。ほんとに、良い子で」

「デエさんは毎日、家事をしているのですね？　弟さんの保育園の送り迎えも？」

親子は気まずそうに頷くが、悪びれた様子はない。確かに、それの何が悪いのだろうか。

「遅刻、だめよ、もっと早くしないとね」と母。

「うん、早くすればね」と娘。

そういう問題ではないと思いながら、それ以上、追及できなかった。もう少し早く起きて家事をすれば学校に間に合うし、弟は来年には小学校、生活は動いて変わっていく。本人も弟も成長していく。父親がいなくても家族三人が力を合わせて生きているのだ。

その後もデエの様子を観察しながら、出欠や成績の変化を注視する。次の学年の担任には、家庭状況を伝えておく。それが、ビビのしたことのすべてだった。

「あれで良かったのかと思うことはいっぱいある。デエは三年になって遅刻は減ったのかな、卒業はできたようだけど、その先の進路」

「良かったんだよ。卒業できたのなら、もうおとなだ」

「高校生って、子どもなのに、おとな。弱者なのに、おとなの助けが薄い。足りない気がするの。本人が望まない行政の介入もありなのかもしれないと思うんだけど」

「難しいな。家族が協力してギリギリでも回っているのに、当事者の意向に反して踏み込むのは、余計なお世話かな。中学生以下ならともかく」

「そうね。困ったことがあったら、必ず言ってねって、頼むだけ。闇雲な遅刻指導はあの子にとって何の益もなかった。教育効果どころか……。怠けて遅刻しているのではない、家族のために働き過ぎて、遅れてくるの」

「生徒、言わないよな」

「言わない。なんにも」

エイにとってのジン、ビビにとってのデエ、それぞれのトゲがうずいている。

「学校って、無力だわ。生徒はそれを知っている」

「俺は無力だったな。ていうか、バカだ。ジンのことを」

ビビは心配そうに覗き込む。

「外で私服の卒業生に会ったら、なかなかわからないものよ。こっちは変わり映えしないけど、子どもは成長するんだから。さなぎが蝶になって変身してるんだから」

ジン、学校をやめてどこに行ったんだ。その後もエイは小耳に挟んだジンの近況を追ってさまよう。父親の事業が失敗して経済状態が悪化、本人は夜の世界のほうに行ったんですと最後の担任が小声で教えてくれた。私学でも学費の減免措置はあるのだが、ジン自身の判断でそうしたのだ。

エイの手にはジンの額の熱が残っている。ニキビの肌触りも覚えているのに、なぜ記憶が欠けていくんだ、頭がおかしい。エイは取り返しのつかないことになったような不安を覚える。

　あの時、フェンスにもたれているジンと自然に立ち話ができたら良かったのに。素通りした自分の後ろ姿に対してどんな思いを抱いただろうか。ジンの記憶にも自分のことなど残っていないのだろうか。いや、わざわざ卒業式の日に学校のそばまで来たのにはわけがあるはずだ。せっかく会えたのに。長身を曲げるようにして携帯を手にしていたが、彼はエイのことを見ていた。素通りしたエイを見た直後に去った。

　四月になって、吹田市に住む弟から連絡があった。独身の弟は、豊中市の家に戻りたがっていた。両親の思い出の詰まった家は時々仏壇に手を合わせるために訪ねるだけで、風を入れたり掃除をしたりして気をつけていても、しだいに古びて荒れてくる。特に庭は雑草の勢いが増して、近所の手前、気になっていた。父、母が他界した後、すべての預貯金や証券などを集計して二等分したのだが、家は売るよりも「住みたい」と言う弟の思いに、エイはむしろほっとしていた。エイは七年も大学生でいさせてもらってすねかじりしていたのに、弟は早々に学校生活を終えて建築の実務に専念していた。古家を自分のセンスでリフォームしたいという希望は前から聞いていた。母は小さな補修や改造を弟に相談してきた。実家を弟に任せることで兄弟が公平になれる。

「ゴールデンウィーク中に引っ越してくるよ」

「いいよ。手伝う。捨てる物を一緒にかたづけよう」

実家の片付けをするうちに母への申し訳なさがこみ上げる。母の創作物は転勤の多い父に伴って各地で奮闘した証《あかし》、子育てをしながら生活の情報を得る目的もあったのだろう、転居のたびに積極的に近所の文化センターに入って習い事をしていた。端切れを用いるパッチワークであったり、クリスマスやイベントを彩るリース作りであったり、ステンドグラスであったりした。ロンドンでも香港でも、母親らしい社交術で乗り切った。習い事の教室に入ることで土地への理解が進む。そこで知り合う人とは短期間の付き合いでも暮らしを楽しむ縁《よすが》になっていた。転居のたびに増える段ボールの中にそれらの痕跡を見つけて、懐かしさと同時に母の内面について自分は無関心だったのではないかという反省にも捕らわれる。

いつだったか、母の漏らした一言が今頃になって鮮明に蘇る。「男の子は結婚までが息子、女の子は一生、娘」……いつも機嫌良く配慮の行き届いた人間関係を周辺に保持していたが、そうであるための内心の葛藤や寂寥に、息子として関わらないで過ごしてしまった。娘を持つ人との会話で「いいわね、女の子がいて」と言っていた声を覚えているが、ただの社交辞令、世間話での相槌に過ぎないのだからと気にもとめなかった。「息子は結婚までが息子」と鼻歌のような声だった。今になってそれは大きく響く。

弟は母の創作物の入った三つの段ボールを捨てるのではなく、箱一つにうまくまとめて押し入れの中を整理した。母自作の七宝焼きの写真立ては少しゆがみがあるが仏壇の隣に置いて使うことにした。ちょうど小さな家族写真が入った。居間に集う水入らずの四人だ。弟がエイの結婚前にセルフタイマーで撮ってくれたものだった。エイにはその日の覚えがない。関西に住み続けてくれていた弟の存在には助けられた……。

エイは新しい手帳に予定を書き込めるのが嬉しい。長年の習慣から手帳は四月始まりのタイプだ。昨年度は空欄の多い頁を清々した気分で眺めて、来年はもっと薄い手帳にして身軽になろうなどと思っていたのに、今年二月にはまた同じボリュームの四月始まり手帳を買ってしまい、使う段になって自分の判断を苦く感じた。白いままの日付、時間割、ページをめくっては皺をつける。

ビビの父親がついに入院した。ビビは神戸で過ごす時間が増し、話題はほとんど両親のことばかりになっていく。母親はビビに頼りきりだ。

エイは取り残されたような気分で、思いにふけることが多くなった。横浜の自室の隅に積んである数個のダンボール箱は過去の会議録や教材の断片だが、すべて生徒の一人一人に繋がる。処分を始めようと試しに一つを開けて覗いたことがあるが、引きずり込まれるような恐れを感じた。過去がエイの首根っこを摑んで戻そうとする。学校の各所、職員室や教室の空気が胸いっぱいになる。手に負えず、急いでまた閉じ込めるのだった。

弟から実家のあれやこれやについて「良いかな」と問われると「いいよ」と答えるばかりだ。いついつに来てくれと言われると喜んで飛んで行き、兄らしく役に立ったような気分になって救われる。

ビビから「イーちゃんがこっちに帰省するから」と聞けば、新幹線にいそいそと乗り込む。義父母の見舞いをまめにしている自分の役目に満足する。夫として、父として、娘婿として、思いつく限りのできることは何でも実行する。

合間には、京都から山陰線に乗って田園にも行く。親戚の冠婚葬祭にも気を配るようになった。手帳に書く。

エイは薄れていくものが何なのかということがよくつかめないまま、手帳に覚え書きを加えては見返した。予定を書いては消した。日付を毎日確認した。曜日の感覚が失せている。

目の前を何かがひらひらしている。水中から浮き上がるような心地で、まばたきをする。エイの目の前をビビの手が動いているのだった。

「気がついた?」

覗き込むビビの顔があった。頭が痛いので風邪薬を飲んだ。そのために眠気が襲ったのかもしれない。椅子に座ったまま居眠りをしていたのか。

「暑いから。屋内でも熱中症になる恐れがあるんだから、よく、飲んでね」

コップに冷えた麦茶を渡してくれる。

「うん、うとうとしたな。年だな」

「年って、同い年なんですけど」

「お互い、気をつけよう」

ビビは手を擦りながら、言いにくそうに、意を決したように言った。

「一度、健診に行く？　ほら、もう、職場の健康診断がないから、自分で行かなくてはだめじゃない？　私も行くから、一緒に行きましょう」

「どこに」

「人間ドック。脳検診も、オプションで入れましょうよ。私も、するから」

「脳？　高そう」

「私たちにはそろそろ必要よ。安心したいから。一緒に行くから」

エイは腹が立ってきた。なんだ、持って回った言い方だな、はっきり言えよ、「私も」って、嘘つけ、俺が惚けてきたと言いたいんじゃないか、「一緒に」って、ガキ扱いするな、うるさい。昨日はたまたまマンションの入り方がわからなくなって、ビビに電話してドアの暗証番号を訊いたけれど、いちいち、問題視するな。たまたま、スリッパで電車に乗った時は暑かったからじゃないか、たいしたことでもない。パジャマのズボンは涼しいからな。今時、ファッションは何でもありじゃないか。寝間着で外に出たって？　そうじゃない、部屋着でワンマイル、ご近所の散歩は問題ない。裸なら逮捕されるが、一応、服を着ているのだから。うるさいな。ちゃんとこうしてここにいるではないか。

「うるさい」

「ごめんなさい。うるさいね」

ビビは病院のパンフレットを広げて、黙って立ち上がる。台所でスイカを切り始めた。

「大丈夫。あなたはわかっているもの。ほんとの病人は、自分のことがわからないものよ。物忘れくらい、誰でもある。私もよくある。当たり前よ」

「わかってるよ」

物忘れが激しくなっていることはわかっている。無意識の習慣は行えるのだが、何回も行ってしまう。今日はもう済んだということを忘れている。本屋で同じ単行本を買ってきた。薬は飲んだ直後にまた飲もうとしてビビに止められた。

わかっている。防ぎようはある。誰でも老化する。衰えても失敗しないように注意する知恵があるうちは健常者だ。用事をメモしたり、区分したり、ひもをつけたり、工夫をすればよい。よくビビが言っている。百から七を引いていける。昼飯のメニューを言える。大丈夫。

一時的に社会的立場というものを失って呆然となっただけだ。バーンアウト、燃え尽き症候群。生きがい症候群。なんでも「症候群」を付ければ良いわけではないぞ。ちょっとした混乱は誰もが経験する当たり前のこと、自分の場合は相次いで両親を失ったことと退職の時期が割合に近かったので喪失感は二重だった。これからが一人の素の人間としての立ち位置を定める正念場ではないか。困っていることは何もない。足腰は丈夫、散歩は欠かさない。めまいがしても転んだことはまだ一度もない。けがはしない。持病はない。経済的にも破綻はない。文句あるか。

季節は巡る。

エイは京都駅で降りた。昨日のことと明日のことを考えながら、今現在の自分を説明しながら、分析しながら、頷きながら、つぶやきながら歩いた。何もかもよくわかっているという明晰さを確認し、安心し、鼓舞する。指さし確認と独り言が多くなったのは自衛のためである。指さし確認は駅員もよくやっている。

今日はまだ乗ったことのない国際空港行きの特急〈はるか〉に乗ってみようかと思っている。行って帰って来るだけなら、たいして時間はかからないだろう。従姉も乗りに行ったことがあると言っていた。一度は乗らないと鉄道ファンの友達と話が合わない。したいと思うことはすぐ実行できるという最高の自由を満喫しているのだ。幸せな状況だ。働いていた頃に一番欲しかったのは自由な時間だったではないか。駅舎内の設備についてもまだまだ把握できていない。慌ただしい移動に追われるばかりの通行人とはもう立場が違っている。自分はもっと好奇心を全開にして良い。思えば、新幹線と在来線の乗り換えルートを逸れた所には用が無かったのでほとんど足を踏み入れたことがない。例えば、山陰線からそのまま中央口に向かう通路の壁際にはコインロッカーが並んでいる。観光客の増加と共にずいぶん増えて、かなり長いスペースを占めている。新幹線と山陰線と京都線（ビビは必ず神戸線と言う）の乗り継ぎばかりで外に出ることが少なかったので、関心を払わなかった。この裏側のスペースには細長いギャラリーがあるらしいことを最近になって知った。是非とも見学しなくてはなるまい。

エイは神戸に行く前に義父母の好きな阿闍梨餅を買おうと算段した。気が利く夫のいつもの寄り道、ルーティンだから、許せよ、ビビ。土産を提げて入院した義父を見舞うのだ。

海辺の病院にいたビビは義弟から珍しく電話を受けた。父の寝顔を見つめながら、緊張して義弟の声を聞いた。父については医師から、覚悟を促されている。

「兄貴はそちらに着いてますか」

「いえ、まだなんですけど」

「兄貴の携帯と手帳が、こちらの家に、置きっぱなしになってるんです」

「そんな大事な物を。財布は?」

「うん、交通カードとかは持っているのかな。前にも、実家の鍵をかけないで開けっぱなしで帰ってしまったことがあった。ちょっと、おかしいですね、不注意が過ぎて、大丈夫かな。兄貴がそちらに着いたら、僕が今日中に病院まで届けるから、そこでじっとしていろと言ってやってください」

「はい。つかまえておきます」

父の耳は聞こえているはずだが、目は閉じたままだ。呼吸音に耳を澄ます。カウントダウンの始まっている父の貴重な一つ一つの呼吸音。呼気の次に吸気のあることにすがる。母は東京から到着したイーと売店に行っている。

ビビは、父と夫とがそれぞれの方向に遠ざかるのを両の手でどうやって捕まえておけるのか、考えがまとまらず、その場を動けないでいた。経験のない角度で開いていく。

京都駅の30番ホームには陽光が差している。長く伸びた日差しが温かい。珍しく人気《ひとけ》がない弁当屋は店番の人までもいない。列車と駅員の姿はなく、日差しが奥の34番まで満ちている。明るい線路の彼方が外光に揺らいでいる。秋の行楽に備えた紅葉の飾り付けが新しい。季節は秋なのか、いつの秋なのか。エイは考えることをやめる。秋の次は……。自分に問題を出すのはもう止めよう。人にレッテルを貼るのもいけない。

人っ子一人いない駅、我が物になったような気分だ。四肢を大きく伸ばしたくなる。真昼の京都駅が無人であるはずはない。これは夢に違いない。そうわかっていて楽しんでも良いのではないか。

線路の車止めを背にして立つ一人の老婦人がくるりと振り向いた。舞台上の主役の趣で笑みを浮かべた。知っている。何度も会ったことがある。

エイはちょっと手を挙げて、旧知の親しい人に対するように合図した。老婦人の喜びに溢れた瞳の中に映る自分がいる。間違いない。

迷いなく、向かって行く。

「やあ、ビビ、年を取ったな」

「お互い様よ」

「良い言葉だ、お互い様、てな」

「ちがいますよ」

老婦人はおかしさをこらえるように口元に手を当てて首をかしげた。

「なんだ、おふくろか、え、おふくろ、そんなところで、どうしたんだよ、空港に行くのか。田園に行くのか。うん、行こう。行くなら、一緒に行こう」

婦人は握手を求めるように右手を差し出した。そして、エイの背後を視線で示し、自分からそろそろと歩き出す。あれ、特急〈はるか〉に乗るんじゃないのか。山陰線でもないのか。

どこに行こうとしている。手をつないだ形になり、ゆっくりと移動する。誰もいないから見通しが良い。中央口に向かう通路はコインロッカーが並んでいるだけで殺風景だ。日差しもあまり届かない。

おかん、どこに行く? 心の声を聞いたかのように老婦人は眉を上げて微笑した。その表情に導かれる。

まだ足を踏み入れたことのなかったギャラリーへの入り口だった。コインロッカーが無機的に並ぶ中間の辺りに、隙間のような入り口がある。奥まっていて目立たない。標示が小さい。〈常設展・無料〉とある。のれんのように手応えのないドアを押す。

これか。駅にギャラリーは似合う。「オルセー美術館、行ったよな。あれ、いつだったか」家族で行ったことがある。駅舎全体が美術館になっていた。婦人は楽しそうにうなずいた。このギャラリーには何を展示してあるのだろう。婦人は首を傾げたが、エイは地元の子どもたちの絵画か、京都駅ゆかりの画家の風景画か、旧京都駅の変遷記録図か、そんなところかと見当をつけながら通路を進んだ。いかにも駅らしく細長いばかりで薄暗い。奥に明るい展示室が開けているに違いない。急に外光に包まれたりするのだ。もしかしたら、向こう側はデパート側の出入口に繋がっているのかもしれない。そうか、正式の入り口はあちら側かも。なるほど、うまく考えたな。デパートの各階の売り場に誘うレゴを積み上げたような芝居がかった大階段のどこかに、通路を潜ませているのではないか。しかし、あるいは、あるいは……、理屈が面倒になった。前に進む。止まることも戻ることもできない。

駅は前後左右を閉じることはない。必ずどこかに通じているのだ。いつも流動的であることが求められている。人を果てしない方へ運ぶ。山陰線ホームにも隣のビルに通じる新しい改札口ができたらしいと従姉に聞いたことがある。知らないな。まったくどこまでも尽きないことだ。変わり続けている。

京都駅はまだまだ謎を秘めている。何度来ても、通るだけではわからないことがあるんだね。

長いギャラリーだな。握った手に力をこめる。引いているのか、引かれているのか。

（了）

初出

走るひと　「関西文学」　1979年3月号
回旋曲　「関西文学」　1981年5月号
ウリコ　「関西文学」　1984年6月号
浦島　「関西文学」　1986年5月号
あじさい　「早稲田文学」　1985年9月号
京都駅プラットフォーム　書き下ろし

著者略歴
矢樹育子（やぎ　いくこ）
早稲田大学大学院教育学研究科（国語教育）修了。
著書に『ウルからジョンへ』がある。

京都駅《きょうとえき》プラットフォーム

2024年1月31日　初版第1刷発行
著　者　矢樹育子《やぎいくこ》
発　行　株式会社文藝春秋企画出版部
発　売　株式会社文藝春秋
〒102-8008　東京都千代田区紀尾井町3-23
電話　03-3288-6935（直通）

装丁　花村　広
本文デザイン　落合雅之
印刷・製本　株式会社フクイン

ISBN978-4-16-009059-0